노빈손과
위험한 기생충 연구소

노빈손과 위험한 기생충 연구소

초판 1쇄 펴냄 2015년 6월 1일
    5쇄 펴냄 2022년 10월 17일

지은이 서민
일러스트 이우일

펴낸이 고영은 박미숙
펴낸곳 뜨인돌출판(주) | 출판등록 1994.10.11.(제406-251002011000185호)
주소 10881 경기도 파주시 회동길 337-9
홈페이지 www.ddstone.com | 블로그 blog.naver.com/ddstone1994
노빈손 www.nobinson.com | 인스타그램 @ddstone_books
대표전화 02-337-5252 | 팩스 031-947-5868

ISBN 978-89-5807-579-0 03810

어린이제품안전특별법에 의한 제품표시
제조자명 뜨인돌출판(주) 제조국명 대한민국 사용연령 10세 이상

노빈손과
위험한 기생충
연구소

서민 글 | 이우일 일러스트

뜨인돌

책을 내며

여러분은 혹시 기생충을 좋아하나요? 사람 몸 안에 들어와 놀고 먹으면서 사람에게 해만 끼치는 존재라고 생각하겠지요? 또한 뇌가 없어서 고차원적인 일은 전혀 하지 못할 거라고 생각할 겁니다.

그런 기생충이 없다고는 말 못 하겠지만, 사실 대부분의 기생충들은 사람 몸속에서 열심히 살아가고 있으며, 또 사람에게 해만 주는 것은 아니랍니다. 기생충이 없어지니까 알레르기가 늘어났다는 연구 결과를 보세요. 기생충이 우리 몸 안에서 나름의 역할을 하고 있었던 거예요. 즉 기생충이 우리가 생각하는 것만큼 한심한 생명체는 아니라는 얘기지요.

그래도 영화 〈연가시〉 이후 기생충에 대한 관심이 크게 늘어났다지요? 기생충의 진면목을 알고 싶었던 여러분들, 노빈손이 드디어 기생충들을 만나러 기생충 공원에 갑니다. 온갖 재난을 불러오는 주인공답게 이번에도 그의 모험은 순조롭지가 않습니다. 우여곡절 끝에 찾아간 기생충 공원은 이미 기생충들이 점령한 상태고,

기생충을 보러 온 관람객들은 인질로 붙잡혀 있어요. 노빈손은 과연 어떻게 기생충을 물리치고 인질들을 구할까요? 그간 노빈손의 모험들 중 위험하지 않은 게 없었지만, 이번 모험은 특히 더 위험할 것 같습니다. 『노빈손과 위험한 기생충 연구소』를 읽으면서 여러분은 기생충들이 굉장히 신비한 생명체라는 것을 알게 될 거예요. 어쩌면 책에 나오는 기생충을 한 마리쯤 몸에다 기르고 싶다고 떼를 쓸지도 모르겠네요.

　이 자리를 빌려 감사드릴 분들이 있어요. 지난 17년간 노빈손 시리즈를 이어 와 주신 많은 분들께 우선 감사드리고, 기생충을 개성 있고도 귀엽게 그려 주신 이우일 선생님께도 깊은 감사를 드립니다. 하지만 가장 감사드릴 분은, 그 긴 세월 동안 노빈손을 변함없이 사랑해 주신 독자 여러분입니다. 노빈손과 함께 재미있는 기생충 탐험 하시길 바랍니다.

기생충의 아버지
서민

차례

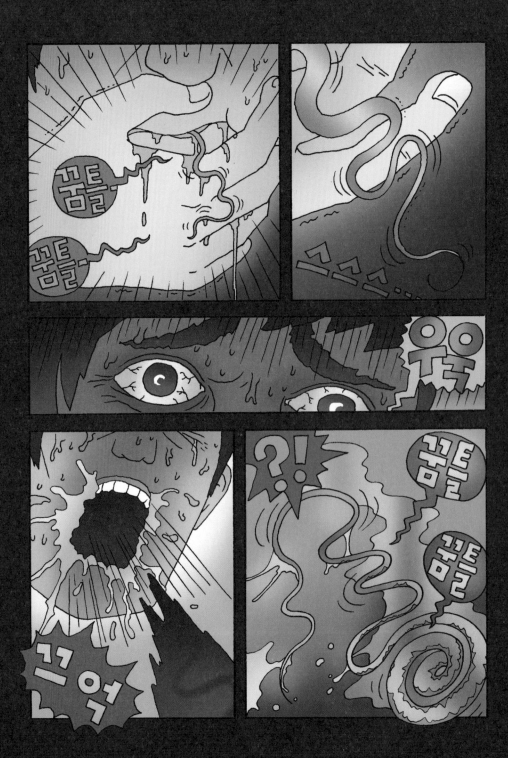

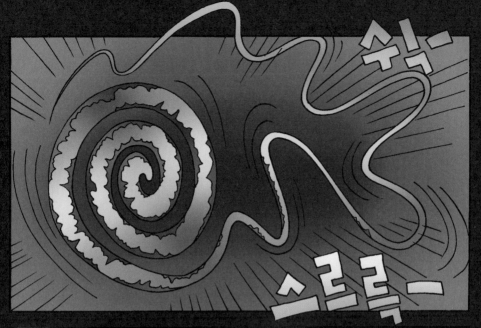

1장

비극의 서막

"벌써 관람객을 받으면 어떡합니까? 당장 내보내야 합니다."

서민 박사가 작은 눈을 부릅떴다.

"관람객을 받는 건 슈퍼 구충제를 제조한 뒤에나 하기로 했잖아요."

마수라 사장은 담배에 불을 붙였다.

"이것 보시와요, 서 박사님. 홍홍. 자기가 이 공원을 만든 일등공신인 거 다 알아요, 홍홍. 하지만 돈을 댄 건 자기가 아니잖아요. 홍홍. 제때 개장을 못 해서 나 마수라 사장, 손해 많이 봤어요. 홍홍."

"마 사장님! 계획이 늦어진 건 죄송합니다만, 관람객들의 안전을 담보할 수 없는 지금 상황에서 개장을 하는 건 너무 위험합니다. 그리고,"

서민 박사는 정수기에서 물을 따라 단숨에 들이켰다.

"사장님 요즘 좀 이상합니다. 말투도 그렇고. 왜 자꾸 홍홍, 홍홍그러시는 겁니까?"

마 사장이 서민 박사에게 눈을 흘겼다.

"어머어머, 왜 남의 말투를 가지고 그러신담? 그럴수록 홍홍이라고 더 할 거예요. 홍홍홍홍홍홍."

서민 박사는 마 사장을 보면서 고개를 절레절레 흔들었다.

"그게 다가 아닙니다. 갑자기 왜 조폭 같은 사람들을 데리고 온 겁니까? 그 사람들 때문에 공원에서 일하는 사람들이 다 불안해한다고요."

마 사장이 책상을 탁 치면서 자리에서 일어났다.

"어머, 서 박사님. 지금 사장인 저한테 하는 말투가 아주 불손해요. 홍홍홍. 안 되겠어요."

마 사장이 인터폰을 눌렀다.

"김 비서, 내 방에 와서 서 박사님 좀 모셔요. 홍홍. 그 방으로요."

통화가 끝나기 무섭게 방문이 열리더니 건장한 사내 둘이 들어와 서민 박사의 팔을 붙잡았다.

"이거 봐! 당신들 나한테 왜 이래!"

한 사내가 입을 열었다.

"일단 가시죠. 저희가 잘 모시겠습니다."

마 사장이 묘한 미소를 지었다.

"그래요, 서 박사님. 홍홍. 그 방에서 푹 쉬다 오세요."

사내들은 서민 박사를 지하 창고로 끌고 갔다.

"당분간 여기 계십시오. 때가 되면 데리러 오겠습니다."

사내들은 자물쇠로 문을 잠갔다.

"이봐! 문 열어! 나한테 이럴 수는 없어!"

서민 박사가 문을 두들기는 소리가 계단 위로 울려 퍼졌다.

박사인 듯 박사 아닌 박사 같은 너

"이 비행기는 대한민국행 보잉 747기입니다. 앞으로 3시간 후에 인천공항에 도착할 예정이며, 현재 풍속은 초속 2.3미터…."

안내방송 소리에 잠이 깬 노빈손은 두 손을 깍지 끼고 기지개를 켰다.

"아휴, 지겨워. 아직도 도착하려면 멀었네."

뻐근해진 목도 풀 겸 노빈손은 주변을 둘러보았다. 다들 자거나 영화를 보고 있는데 옆자리의 외국인만 홀로 독서 삼매경에 빠져 있었다.

"이럴 줄 알았으면 나도 책이나 한 권 챙겨 올걸."

노빈손은 뭐가 없나 하고 배낭을 뒤적이다 땅콩 한 봉지를 발견했다. 한창 껍질을 흘려 가며 게걸스럽게 먹고 있는데 승무원이 다가왔다. 노빈손은 본능적으로 땅콩을 손으로 감쌌다.

"이제 비행기 안에서 땅콩 먹으면 안 되나요?"

승무원은 노빈손을 힐끔 보더니 옆에 있는 외국인에게 다정하게 물었다.

"혹시 로빈손 박사님 되십니까?"

노빈손이 의아한 듯 눈썹을 치켜뜨며 대꾸했다.

"제가 노빈손인데요."

승무원은 노빈손을 곁눈으로 째려보곤 옆에 앉은 외국인에게 다시 말을 건넸다.

"로빈손 박사님 맞으시죠?"

"맞는데, 왜 그러죠?"

외국인이 사무적으로 대답했다. 방해를 받아 기분이 언짢은 눈치였다.

"저 뒤쪽에 있는 분이 로빈손 박사님께 이걸 좀 전해 달라고 해서요."

승무원은 와인 한 병을 외국인의 탁자 위에 놓았다. 노빈손이 다시 끼어들었다.

"이것 봐요, 내가 노빈손이라니까요."

"무슨 소립니까, 내가 로빈손이오."

외국인은 영문을 모르겠다는 듯한 표정을 지었다.

노빈손이 주머니에서 신분증을 꺼냈다.

"이것 보세요. 내가 노빈손이잖아요."

외국인도 질세라 신분증을 꺼내 보여 주었다. 거기에는 'R-O-B-I-N-S-O-N'이라는 이름과 국적이 적혀 있었다.

순간 무안해진 노빈손이 머리를 긁적이며 너스레를 떨었다.

"어, 희한하네. 노빈손과 로빈손이 나란히 앉아 있다니. 로빈손도 두음법칙을 적용하면 노빈손이잖아요."

로빈손 박사는 어깨를 으쓱한 뒤 와인 뚜껑을 땄다.

"그런데, 이걸 누가 전해 줬다고요?"

로빈손 박사가 묻자 승무원은 뒤쪽을 가리켰다.

"저기, 33번열 D좌석에 앉아 계시는 분인데, 어? 지금 자리에 안 계시네요? 일행 분 아니세요?"

승무원은 도통 뭐가 뭔지 모르겠다는 듯 고개를 갸우뚱하며 사라졌다.

로빈손 박사는 잠시 와인 병을 살펴보곤 잔에 조금 따랐다.

"아, 이 향긋한 냄새. 내가 좋아하는 와인이야."

로빈손 박사는 한 모금 홀짝이곤 노빈손에게 말했다.

"와인이랑 같이 먹게, 땅콩 몇 개만 주면 안 되겠소?"

뻔뻔한 요구에 당황한 노빈손은 잠시 로빈손 박사를 빤히 보다가 땅콩 3알을 내밀었다.

"이름이 비슷하니 특별히 드리는 겁니다."

로빈손 박사는 땅콩 한 개의 껍질을 까서 입에 넣었다.

"역시 와인에는 땅콩이야."

로빈손 박사를 가만히 관찰하던 노빈손이 슬쩍 몸을 기울이며 물었다.

"그런데, 박사님이라고 하셨죠? 무슨 박사님이세요?"

"기생충 박사. 그것도 아주 유명한 박사요. 내 입으로 이런 말 하

저도 몸 안에서 기생충을 키워 본 적이 있어요. 눈에서 자라는 동양안충을 실험실에서 키운 뒤 제 눈에 넣었지요. 하지만 동양안충은 원래 눈이 큰 동물을 좋아하는지라, 실험은 실패로 끝났습니다.

긴 뭐하지만, 기생충을 직접 몸에서 키운 것은 물론이고 기생충을
베개 삼아 베고 잠을 청했던 일화도 유명하다고. 스무 살 때는 전
세계의 기생충을 모두 다 만나겠다며 지구 세 바퀴 반을 돌기도 했
는데, 이건 나중에 책으로 나와 많은 사람들에게 감동을 주었지.
하하하.”

　로빈손 박사가 호탕하게 웃자 벌어진 입술 사이로 깨진 이 하나가 보였다. 노빈손이 고개를 끄덕이며 감탄했다.

"정말 대단하십니다. 그런데 미국에도 기생충 박사가 있군요. 전 서민 박사님밖에 몰라서요."

그 말에 로빈손 박사가 놀라는 표정을 지었다.

"서민 박사를 알다니! 안 그래도 지금 서민 박사를 만나러 가는 길인데."

노빈손은 서민 박사가 TV에 몇 번 나오면서 유명해졌고, 지금은 파라지파크(기생충 공원) 때문에 연예인 비슷한 대접을 받고 있다고 했다.

"허허, 그 얼굴로 TV에 나갈 수 있다니, 신기한 일이군. 그 친구 미국에 있을 때 내 밑에 있었는데, 워낙 아는 게 없어서 내가 하나부터 열까지 일일이 가르쳐 줬지."

로빈손 박사는 와인 한 잔을 쭉 들이켠 뒤 다시 와인을 따랐다.

"저기, 미국에는 기생충이 없지 않나요?"

노빈손이 묻자 로빈손 박사가 갑자기 탁자를 쾅 하고 쳤다.

"무슨 말이오? 미국에 기생충이 없다니. 서민 박사가 그렇게 말한 거요?"

당황한 노빈손이 아니라고, 몰라서 그런 거라고 열심히 변명한 후에야 로빈손 박사의 굳은 표정이 풀렸다.

"아니면 됐고. 난 또 서민 박사가 그런 줄 알고. 미국에도 기생충이 제법 많소. 기생충을 연구하는 학자들도 수천 명이 넘고."

수천 명이나 된다는 말에 노빈손이 놀라자 로빈손 박사가 계속 말을 이었다.

"미국에선 기생충들이 제법 인기가 있소. 기생충이야말로 정말 신비한 생명체거든. 모양도 그렇고 행동양식도 아주 특이하지. 연가시를 보시오. 숙주를 조종하다니, 정말 대단하지 않소? 그러다 보니 기생충이 그려진 옷을 입고 다니는 사람도 많고, 또 기생충이 장난감으로 만들어져 아이들이 가지고 놀기도 하고. 그렇게 기생충한테 관심을 갖게 되면, 나중에 훌륭한 과학자가 될 수 있거든. 그래서 부모들도 기생충 장난감들을 아이에게 사다 주곤 하지."

노빈손은 얼마 전 신문에서 본 기사를 떠올렸다.

"맞다, 서민 박사님도 비슷한 말을 한 것 같아요. 그래서 기생충을 직접 볼 수 있는 공원을 만들겠다고 했고, 실제로 파라지파크를 만들었죠. 정말 대단한 분이에요."

로빈손 박사가 다시 와인 한 잔을 마셨다.

"흥, 파라지파크 그거, 원래 내 아이디어였소. 서민 박사랑 같이 술을 마시다가 '기생충이 서빙하는 술집을 만들자'는 얘기를 꺼낸 적이 있는데, 서민이 그걸 훔쳐다가 파라지파크를 만든 거지."

잠시 침묵이 흐른 뒤 노빈손이 물었다.

"그런데, 서민 박사님은 왜 만나시는 거예요?"

미국에선 실제로 기생충이 인기가 많아요. 기생충 그림이 그려진 티셔츠나 배지, 그리고 인형 등이 시중에서 판매되고 있어요. 기생충 연구도 활발히 이루어지고 있어서, 말라리아 백신 연구에 온몸을 바치는 연구자들이 굉장히 많습니다.

로빈손 박사가 경계하는 눈빛으로 노빈손을 바라봤다.

"아니, 내가 서민 박사를 만나러 가는 건 또 어떻게 안 거요? 그들이 시켰나? 그런 거군. 그렇지?"

로빈손 박사가 노빈손의 멱살을 쥐고 흔들며 다그쳤다.

"그, 그게 아니고, 아까 서민 박사님을 만나러 간다고 말씀하셨잖아요."

로빈손 박사는 멱살 쥔 손을 냉큼 풀고 머리를 긁적거렸다.

"아, 그랬나? 미안! 아무튼 내가 지금 한국에 가는 건 파라지파크 때문이오. 아직 한 가지 문제가 남아 있어서 개장을 못 하고 있거든. 그래서 황급히 날 불렀다니까. 서민 그 친구, 예전부터 나 없으면 아무것도 못했소."

그러더니만 들릴락 말락하게 한마디를 덧붙였다.

"그 친구에게도 장점이 딱 하나 있긴 하지. 뭐냐 하면, 결정적인 한 방이 있다는 거. 물론 그것도 나한테 배운 거지만. 으하하하하."

실성한 듯 웃고 있는 로빈손 박사를 바라보며 노빈손은 혼자 중얼거렸다.

"정말 이상한 아저씨네. 박사가 맞긴 맞는 거야?"

서민 박사의 회상

"으악!"

서민 박사는 깜짝 놀라 잠에서 깨어났다.

"꿈이었구나."

편충이 채찍같이 생긴 앞부분으로 자신을 마구 때리는 꿈이었다. 정신을 차린 뒤 자리에서 일어나려던 서민 박사는 그만 쓰러지고 말았다.

"아이고 다리야. 엎드려서 잤더니 다리 저려 죽겠네."

소변을 보고 난 서민 박사는 의자에 앉아 회상에 잠겼다.

10년 전, 서민 박사는 초등학생들의 장래 희망에 대한 기사를 보고 충격을 받았다. 가장 되고 싶은 직업 1위가 연예인이고 2위가 의사 · 변호사, 3위가 학교 선생님, 4위가 공무원이었다. 과학자는 10위 안에도 들지 못했다.

"내가 어릴 적에는 과학자가 어린이들 꿈 중 1위였는데."

이게 다 기생충을 보지 못해서 그런 거라고 생각한 서민 박사는 그때부터 아이들에게 기생충을 보여 줄 계획을 세웠다. 이웃 일본만 해도 기생충을 잔뜩 전시해 놓은 메구로 박물관이 있지 않은가. 그러다 갑자기 아이디어가 떠올랐다.

일본의 수도 도쿄에 있는 메구로 박물관에는 각종 기생충이 전시돼 있어 수많은 관람객이 찾아옵니다. 그곳에서 사람들은 기생충의 신비를 온몸으로 체험한답니다.

23

'기생충은 원래 숙주를 떠나서는 살 수 없지만, 처음부터 그랬던 건 아니다. 기생충은 지금부터 몇 십억 년 전에는 다 자유 생활을 하는 생물체였다. 자유가 좋긴 하지만 먹을 것을 스스로 구해야 하는 어려움이 있었고, 그래서 다른 동물의 몸 안에 들어가 살면 편하지 않을까 싶어서 기생충이 된 것이다. 그러니까 기생충의 유전자 속에는 지금은 퇴화했지만 과거 자유 생활을 하던 시절의 유전자가 남아 있을 거다. 그 퇴화된 유전자를 부활시키면 기생충이 사람 몸 밖에서도 살 수 있겠지. 그걸 아이들에게 보여 주는 거다. 아이들에게 살아 있는 기생충을 보여 줄 수 있다면 그보다 더 좋은 과학 공부가 어디 있겠나?'

　서민 박사는 사업계획서를 작성하고 투자자를 구했다. 다행히 구충제를 팔아 큰돈을 번 마수라 사장이 기생충 사업에 관심을 보였다.

　"다른 건 다 내가 알아서 할 테니, 서 박사는 사람 몸 밖에서도 살 수 있는 기생충을 만드는 일에만 전념하세요."

　하지만 일은 쉽지 않았다. 처음에는 아이들이 오가기 쉽게 수도권에 기생충 공원을 지으려고 했지만 땅값이 너무 비쌌고, 땅값이 싼 곳도 주민들이 반대를 했다. "사람 사는 땅에 기생충이 웬 말이냐?"는 그들의 주장에 마 사장은 발길을 돌릴 수밖에 없었다.

　그냥 포기하려던 마 사장에게 지인 한 명이 남해안의 섬을 권했

숙주는 사람으로 따지면 유치원이나 학교에 비유할 수 있어요. 사람은 3~4살이면 어린이집, 5~7세에 유치원, 그 이후에는 학교를 가잖아요. 기생충도 마찬가지입니다. 여러 숙주를 거치면서 어른으로 자라죠.

다. 그래서 선택하게 된 섬 홍합도. 섬 모양이 꼭 홍합 껍데기를 벌려 놓은 것처럼 생겼는데, 마침 그가 제일 좋아하는 음식이 바로 홍합이었다. 마 사장은 정부에 돈을 내고 그 섬을 무기한 임대했고, 기생충 공원이란 뜻의 파라지파크를 건설하기 시작했다.

이제 문제는 서민 박사가 자유 생활을 하는 기생충을 만들어 낼 수 있느냐였다. 수백 번의 실패가 거듭됐다. 그러기를 2년여, 결국 서민 박사는 기생충의 자유 생활을 방해하는 억제단백질의 제거에 성공했다.

그다음은 알을 어떻게 부화시킬지가 고민이었다. 서민 박사는 맨 처음 만든 편충 알을 스스로 삼켰다. 알에서 부화한 유충은 급속도로 자라 1시간 만에 30센티미터에 가까운 길이가 되어 몸 밖으로 나왔다. 세상에 나온 유충은 눈에 보이는 것을 닥치는 대로 먹어 치우기 시작했다. 땅속에 머리를 박고 무기물을 섭취했고, 배양실에 쌓아 둔 설탕 한 부대를 모조리 해치웠다. 딱 하루가 지나자, 유충은 몸길이가 2미터에 달하는 어른 편충으로 자랐다.

하지만 계속해서 알을 이렇게 인간의 몸속에서 부화시킬 수는 없었다. 유충에게 급속도로 영양분을 빼앗긴 서민 박사는 유충을 배출하자마자 거의 빈사 상태에 빠졌기 때문이다. 그 과정을 다시 되풀이할 수는 없었다.

할 수 없이 서민 박사는 알을 배양기에서 부화시켰다. 그러자 알을 부화시키는 데만 석 달이 넘게 걸렸고, 그나마도 성공률이 높지 않아 100개 중 3~4개 정도만 부화에 성공했다. 유충이 만들어졌다 하더라도 성충으로 자라는 데 다시 몇 달의 시간이 더 지나야 했다. 하지만 연구팀의 부단한 노력 끝에 100마리가 넘는, 걸어 다니는 기생충들이 만들어질 수 있었다.

찢어진 입, 광절열두조충

"맙소사!"

관람객 한 명이 소리를 질렀다. 무섭다는 듯 눈을 가린 사람도 있었고, 연방 휴대폰으로 사진을 찍어 대는 사람들도 있었다. 관람을 도와주는 안내원이 마이크를 입에 댔다.

"지금 보시는 기생충은 광절열두조충으로, 마디가 가로로 넓고 입이 찢어졌다고 해서 그런 이름이 붙었습니다."

기다란 광절열두조충 한 마리가 머리를 쳐들고 관람객들을 노려보고 있었다. 광절열두조충은 여러 개의 마디로 되어 있는데, 마디 수가 수백, 아니 수천 개는 돼 보였다. 게다가 광절열두조충의 움직임은 아주 우아했다. 물결에 흔들리는 실지렁이처럼 느리게 움직이다가 갑자기 몸을 돌려 관람객들에게 머리를 들이댔다. 기

유충과 성충은 짝짓기를 하고 알을 낳을 수 있는 생식기관이 있느냐 없느냐에 의해 구별될 수 있습니다. 유충을 보면 몸 안에 소화에 필요한 기관밖에 없지만, 성충이 되면 생식기관이 몸의 대부분을 차지합니다.

26

생충과 관람객 사이에 유리벽이 놓여 있음에도 불구하고 관람객들은 광절열두조충이 가까이 올 때마다 비명을 질러 댔다. 관람객들이 좀 차분해진 틈을 노려 안내원이 설명을 계속했다.

"원래 사람 몸에 있을 때도 길이가 10미터 가까이 되는 기다란 기생충이었습니다. 그런데 자유 생활 유전자를 활성화시켜 주니까 20미터 정도까지 자랐습니다. 크기가 크다고 너무 놀라지 마세요. 광절열두조충은 굉장히 온순해서, 사람 몸 안에 있을 때도 별다른 증상이 없었답니다."

관람객 중 한 명이 손을 들고 안내원에게 물었다.

"저런 게 몸에 있으면 영양실조에 걸리지 않나요?"

안내원이 미소를 지었다.

"길이가 길어서 많이 먹을 것 같지만, 두께가 얇아서 전체적인 부피는 그리 크지 않습니다. 밥풀 열댓 톨 정도 먹는 게 고작일 거예요. 마리아 칼라스라는 소프라노 가수가 저 기생충을 몸에 키우면서 살을 뺐다고 하는데, 별로 신빙성이 없는 얘기입니다. 지금은 광절열두조충이 그보다 몇 배 커졌으니 밥풀 열 톨보다는 더 먹겠지요."

안내원의 말을 들었는지 광절열두조충이 커다란 나무에 매달린 풀을 뜯어 먹었다. 관람객들 사이에서 탄성이 흘러나왔다.

"풀을 먹는 걸 보니 초식인가 봐요?"

누군가의 질문에 안내원이 다시 마이크를 잡았다.

"원래 기생충은 숙주가 먹는 것을 먹기 때문에 초식이냐 육식이냐는 숙주를 따라갑니다. 소에 사는 기생충은 초식일 테고, 사람에 산다면 잡식일 수밖에 없죠."

휴대폰으로 사진을 찍어 대던 젊은이가 손을 들었다.

"그렇다면 저 기생충이 사람도 잡아먹을 수 있나요?"

그 질문에 관람객들이 일시에 조용해졌다. 안내원이 어색한 웃음을 보였다.

"하하. 그, 그건… 그런 질문은 지금 상황에 맞지 않는 것 같네

기생충은 절대 똥을 먹지 않습니다. 똥을 싸긴 합니다만.

요. 하지만 논리적으로 생각해 봤을 때 인간에게서 살던 기생충이 인간을 먹는다는 건 말이 안 되죠."

다른 관람객의 질문이 이어졌다.

"대체 기생충을 전시한다는 생각은 어떻게 하게 된 건가요?"

기다렸다는 듯 안내원의 얼굴에 화색이 돌며 목소리 톤이 한껏 올라갔다.

"이곳을 만드신 분은 마수라 사장님이십니다. 안 그래도 그분이 직접 말씀하시는 홍보 영상이 있으니 모니터를 봐 주십시오. 원래는 관람 전에 틀었어야 하는데, 제가 초보라서 깜빡 놓쳤네요."

안내원이 원격조종기의 버튼을 누르자 스크린에 달린 감지기가 작동하면서 마수라 사장의 모습이 화면에 떴다.

"관람객 여러분, 안녕하세요. 마수라입니다. 파라지파크에 오신 걸 환영합니다. 지금은 아니지만 제가 어린 시절을 보내던 1970년 대만 해도 우리 국민의 85%가 기생충에 걸려 있었습니다. 저도 회충, 편충, 십이지장충 등 모든 기생충에 다 걸려 봤습니다. 제 나이 또래라면 엉덩이에서 회충을 꺼내던 기억, 다들 한 번씩은 있으실 겁니다. 그런 경험을 할 수 없는 요즘 아이들이 기생충을 볼 수 있도록 파라지파크를 만들었어요. 친애하는 관람객 여러분, 저는 이 파라지파크를 통해 다음과 같은 일을 하고자 합니다. 첫째, 기생충을 통해 사람들에게 꿈과 용기를 주겠습니다. 기생충들을 보면서 기생충도 저렇게 열심히 사는데 인간인 우리가 못할 게 뭐가 있냐는 생각을 갖게 하려고 합니다. 둘째….”

홍보 영상이 예상보다 길어지자 사람들이 하나둘 졸기 시작했다. 그에 아랑곳하지 않고 홍보 영상은 계속됐다.

“스물일곱째, 싸우는 것도 중요하지만 대화와 타협도 그에 못지않게 중요하다는 것을 알리고자 합니다. 기생충이 우리 몸에 들어와 면역계랑 하루 종일 싸우면 서로 피곤하지 않겠습니까? 그래서 기생충은 타협의 명수가 됐습니다. 이거, 우리가 배워야 합니다. 끝으로….”

‘끝으로’란 말이 들리자 관람객들은 잠에서 깨어났다. 연설이 끝나기가 무섭게 관람객들은 일제히 박수를 쳐 댔다.

박수 소리가 잦아들자 안내원이 나섰다.

“파라지파크에는 총 18종의 기생충이 있습니다. 백문이 불여일견이라고, 이제부터 그 기생충들을 직접 보시겠습니다.”

자리를 털고 일어서는데 누군가 “꺄악” 하고 비명을 질렀다. 관람객들은 무슨 일인가 싶어 그쪽으로 모여들었다.

“무슨 일이죠?”

관람객 하나가 손가락으로 광절열두조충을 가리켰다.

“저, 저 기생충이 말을 해요.”

“뭐? 무슨 말도 안 되는….”

기생충은 아주 오래전부터 있었습니다. 가장 오래된 증거는 2억 6천만 년 전의 것으로 추정되는 상어의 변에서 기생충의 알이 잔뜩 나온 거예요. 인류가 처음 등장한 게 100여만 년 전이니, 기생충은 인간보다 먼저 생겼다고 할 수 있죠.

그때였다. 광절열두조충이 일행을 보면서 입을 움직였다.

– 반갑습니다.

"꺄악!"

"꺼억!"

여기저기서 비명 소리가 들렸다. 그중 몇 사람은 공포에 질려 울음을 터뜨렸다. 안내원이 그들을 진정시켰다.

"놀라지 마세요. 제가 미리 말씀을 못 드렸는데, 저건 음성변환기입니다. 원래 개의 말을 알아들을 목적으로 일본에서 개발한 건데, 기생충한테 시험 삼아 달아 봤더니 의외로 되더라고요. 가격이 비싸서 몇 마리한테만 달았습니다."

예견된 비극

사고가 난 것은 개장을 몇 개월 앞둔 무렵이었다. 기생충에게 먹이를 주던 황씨가 갑자기 실종이 됐다. 많은 사람이 동원돼 파라지 파크 곳곳을 뒤진 끝에 황씨를 찾았지만, 이미 싸늘한 시체로 변한 뒤였다. 황씨의 몸에는 채찍 자국이 잔뜩 나 있었다.

이상하게 여긴 서민 박사는 편충들을 불러서 물었다. 편충들은 그런 적이 없다고 잡아뗐지만, 서민 박사는 알 수 있었다. 그들 중에 범인이 있다는 것을.

서민 박사는 마 사장에게 말해 개장을 미루자고 했다.

"지금 기생충들은 작은 녀석도 2미터가 넘어요. 게다가 자유 생활 본능을 가로막는 단백질을 제거했기 때문에 힘도 세지고, 지능도 엄청나게 올라갔습니다. 자유 생활을 하려면 스스로 먹을 것을 구해야 하니, 그건 당연한 거죠. 그런데 이 기생충들이 갑자기 관람객을 공격이라도 하면 어떻게 되겠습니까?"

마 사장은 잠시 고민하다 물었다.

"구충제를 먹이면 되지 않겠소?"

"기존 구충제는 이미 생활양식이 달라진 기생충들에게 별반 효과가 없습니다."

마 사장은 한숨을 푹 쉬더니 다시 물었다.

"총으로 쏘면 안 되겠소? 총 앞에 장사 없잖소."

서민 박사가 두 손을 내저었다.

"사람이 총에 약한 이유는 심장이나 폐를 비롯해서 중요한 장기들이 곳곳에 있기 때문입니다. 하지만 기생충들에겐 그런 게 없습니다. 영화에 나오는 좀비를 생각하시면 됩니다. 좀비에게 총을 쏴 봤자 총알이 그냥 몸을 통과해 버려서, 죽일 수는 없습니다."

마 사장이 팔짱을 끼었다.

"그렇다면 할 수 없군요. 개장을 미루더라도 안전이 더 중요하니까."

마 사장을 만나고 오자마자 서민 박사는 자신이 미국에서 공부할 때 지도교수였던 스톨 박사에게 이메일을 보냈다.

"I need your help. I want super-drugs to kill parasites.(도움이 필요해요. 기생충을 죽일 수 있는 슈퍼 구충제를 만들어 주세요)."

구충제의 대가로 알려져 있는 스톨 박사는 흔쾌히 수락했다. 그로부터 석 달 후, 스톨 박사에게서 전화가 왔다.

스톨 박사는 미국의 유명한 기생충 학자로, 1941년 미국 기생충학회지에 "기생충이 너무도 많다"는 격문을 실제로 썼습니다. 그 이후 미국에서는 대대적인 기생충 소탕 작전이 시작되지요.

"서민 박사, 자네가 부탁한 일 말이야, 성공한 것 같네. 이제 파라지파크의 기생충을 대상으로 시험하는 일만 남았어. 다음 주 안으로 약을 보내 줄 테니 기다리게."

하지만 이상한 일이 생겼다. 스톨 박사가 만들어 놓은 구충제가 몽땅 없어진 것이다. 게다가 박사의 컴퓨터에 누군가 침입하려 한 흔적이 있었다. 신변에 위협을 느낀 스톨 박사는 자신의 제자였고, 지금은 인근 대학에서 기생충을 연구하는 로빈손 박사를 불러 상의를 했다.

"내 말 잘 듣게. 내가 여차여차해서 슈퍼 구충제를 개발했네. 그런데 그걸 몽땅 도둑맞았어. 그뿐이 아니네. 누군가가 슈퍼 구충제의 제조법마저 빼앗으려 하고 있어. 무슨 말인지 알겠나?"

로빈손 박사는 큰 눈을 껌뻑이며 대답했다.

"잘 모르겠는데요."

스톨 박사는 한숨을 쉬었다.

"역시 자네의 이해력은 예나 지금이나 변함이 없어. 다시 말해 주지. 여차여차해서 슈퍼 구충제를 개발했는데 이러이러한 상황이네."

로빈손 박사가 다시 큰 눈을 껌뻑였다.

"혹시… 슈퍼 구충제를 훔쳐 간 사람과 제조법을 빼앗으려는 사람이 동일범인가요?"

기생충 학자가 되려면 생명과학을 전공해도 될 수 있지만, 우리나라는 기생충학과가 주로 의과 대학에 있기 때문에 의학을 전공하는 게 좀 더 확실한 길입니다.

스톨 박사가 손뼉을 쳤다.

"그렇지. 이제야 이해하는 모양이군. 그러니까 이 USB를 가지고 있다가 혹시 내게 무슨 일이 생기면 자네가 이 USB를 서민 박사에게 전해 주게나."

집으로 돌아온 로빈손 박사는 불만을 터뜨렸다.

"아니, 나같이 위대한 학자에게 겨우 USB 배달을 시키다니! 너 무하는 거 아냐?"

그러나, 로빈손 박사가 USB를 받은 다음 날, 스톨 박사는 자택에서 변사체로 발견됐다. 얼굴에는 채찍으로 맞은 듯한 상처가 여러 군데 나 있었다. 공포에 질린 로빈손 박사는 당장 서민 박사에게 연락을 했고, 한국으로 가는 항공편을 예약했다.

 이름이 홍합도가 뭐야

"드디어 도착했네. 이제 택시 타고 조금만 가면 돼."

DSP 방송국 기자 김약아는 카메라맨과 함께 홍합도 선착장에 내렸다. 오는 내내 뱃멀미에 시달린 카메라맨은 내리자마자 화장실에 가서 구토를 했다. 속이 좀 괜찮아진 카메라맨이 김 기자에게 투덜댔다.

"왜 이런 외딴섬에다가 파라지파크를 만들고 그래, 불편하게. 서울 근교에 지으면 사람도 더 많이 오고 좋잖아."

김 기자가 어이없다는 표정을 지었다.

"너희 집 근처에 기생충이 우글거리는 공원을 만들면 넌 좋겠냐? 이런 사업은 무인도에 하는 게 맞아."

택시에 타자마자 카메라맨은 다시 꼬투리를 잡았다.

"이름이 홍합도가 뭐야? 촌스럽게. 차라리 설운도가 낫겠다."

"섬 모양이 딱 홍합 껍데기처럼 생겼는데 홍합도라고 짓지, 뭐라고 짓냐? 강원도에 가니까 고슴도치 섬도 있더라. 충남 보령에는 효자도도 있어. 그뿐인 줄 알아? 군산에는 무녀도라고….'"

카메라맨이 김 기자의 말을 잘랐다.

"좋아, 다 좋다고. 그런데 여기에 큰돈을 벌 건수가 뭐가 있다는 거야?"

돈 얘기가 나오자 택시기사가 힐끗 백미러로 둘을 보았다. 김 기자는 황급히 카메라맨의 입을 막았다.

"지금 무슨 얘기를 하고 있는 거야. 우린 엄연히 기생충 취재를 온 거잖아. 그래그래, 기사 쓰면 원고료 나오는 거 몰라?"

카메라맨도 자신이 실수했다고 생각했는지 입을 닫았다. 그로부터 3분 뒤, 카메라맨이 다시 입을 열었다.

"저, 기사님."

기생충이 우리 몸 안에 살면서 대변으로 알을 내보내서 더러운 느낌을 주지만, 기생충들은 다들 깨끗합니다. 기생충이 더럽다는 편견을 버리세요♥

택시기사가 뒤를 돌아보자 카메라맨이 허옇게 질린 채 말했다.

"저, 멀미가 나서 그러는데, 잠깐 차 좀 세워 주시겠어요?"

택시기사가 놀라서 차를 세우려는 순간, 카메라맨의 입에서 희멀건 액체가 분출됐다.

"우웨엑!"

결국 그들은 시트 세탁비 2만 원을 물어 줘야 했다.

로빈손 박사의 피습

"근데 그 한 가지 문제라는 건 뭔가요?"

노빈손의 말에 로빈손 박사는 큰 눈을 깜빡였다.

"내가 그걸 모르겠다는 거요. 전화할 때 서민 박사가 뭐라고 했는데, 그 친구가 워낙 말을 못 알아듣게 해서 말이야. 어쨌든 난 그 친구한테 USB만 전달해 주면 된다고 했소."

노빈손의 호기심이 발동했다.

"그럼 그 USB에는 무슨 내용이 들어 있나요?"

로빈손 박사가 갑자기 노빈손에게 자신의 큰 얼굴을 들이댔다.

"내가 USB를 갖고 있다는 건 어떻게 알았지? 자넨가? 스톨 박사를 죽인 자가?"

"아니, 갑자기 왜 이러세요? USB 이야기를 먼저 꺼낸 건 로빈손 박사님이시잖아요?"

"하하, 그런가? 내가 좀 흥분했나 보오. 내가 상남자 스타일이라 종종 이런다오. 하하하."

로빈손 박사는 멋쩍은 듯 일부러 크게 웃었다.

"그런데 스톨 박사란 분이 살해당했나 봐요?"

"그렇소. 스톨 박사는 내 지도교수였소. 참 훌륭한 분이셨는데 이 USB 때문에 돌아가신 거지."

"그렇다면 지금도 누군가가 그 USB를 노리고 있다는 건데, USB 는 물론 안전한 곳에 두셨겠죠?"

"그럼 당연하지. 절대로, 절대로 찾을 수 없는 곳에 뒀소. 음하하 하하."

1분가량을 혼자 웃던 로빈손 박사가 갑자기 자리에서 일어났다.

"화장실에 좀 갔다 오겠소. 와인을 마셨더니 소변이 마렵네."

로빈손 박사의 뒷모습을 바라보며 노빈손이 중얼거렸다.

"참 알 수 없는 사람이군. 박사들은 다 저런가?"

로빈손 박사는 비행기 화장실 안에서 소변을 보고 있었다.

"무슨 소변이 끝도 없이 나와? 아직도 난 청춘인가 봐."

소변 줄기가 가늘어지자 로빈손 박사는 몸을 좌우로 흔들었다.

"사람은 모름지기 마무리를 잘해야 해."

적당히 몸을 턴 뒤 바지 지퍼를 올리는 순간, 로빈손 박사는 엉덩이에 강한 통증을 느꼈다.

"뭐, 뭐야?"

뒤를 보니 1미터쯤 되는 하얀 벌레 한 마리가 로빈손 박사의 엉덩이를 물고 있었다. 손으로 떼어 내려고 했지만 그럴수록 벌레는 더더욱 엉덩이를 파고들었다.

"너, 너는 요충….."

결국 로빈손 박사는 화장실 바닥에 쓰러지고 말았다. 잠시 후, 화장실 문이 열리면서 검은 양복을 입은 사내가 들어왔다. 사내는 로빈손 박사의 주머니를 뒤지기 시작했다. USB는 지갑 안에 있었다. 사내는 USB를 꺼낸 뒤 메고 있던 가방을 열었다. 그러자 로빈손 박사의 엉덩이에 매달려 있던 요충이 잽싸게 가방 안으로 들어갔다. 요충을 가방에 넣자마자 사내는 화장실 문을 열고 밖으로 나갔다. 그로부터 십 분 뒤, 화장실 문을 연 승객의 비명이 비행기 안에 울려 퍼졌다.

"으아아아악! 사람이 죽었어요!"

승무원들이 몰려들었고, 온몸의 핏기가 사라진 채 쓰러진 로빈손 박사를 황급히 밖으로 옮겼다.

자리에 앉아 있던 노빈손도 그 비명 소리를 들었다.

우리나라에는 기생충 학자가 의과 대학에 40여 분 정도 계시고, 수의과 대학에 몇 분이 계십니다. 그래서 총 50여 분 정도 됩니다.

"혹시 로빈손 박사님이?"

파라오의 하수인

마수라 사장은 사장실에서 햄버거를 먹고 있었다.

"햄버거는 말이야, 언제 먹어도 맛있지, 흥흥."

크게 한입 베어 물려는데 사장실 문이 벌컥 열리더니 키가 3미터가 넘는 거대한 기생충이 들어왔다. 앞부분이 채찍처럼 생긴 편충이었다. 마수라 사장은 자리에서 벌떡 일어났다. 그 바람에 손에 들고 있던 햄버거가 바닥에 떨어졌다.

"파라오 님, 어서 오세요, 흥흥."

마 사장은 파라오 앞으로 달려가 인사했다.

– 어떻게 됐나?

파라오가 말을 할 때마다 목 부분에 있는 음성변환기에 불이 들어왔다.

"안 그래도 좀 전에 연락이 왔어요. 흥흥. 우리 애들이 로빈손 박사를 말이죠, 죽이는 데 성공했어요. 흥흥. 물론 USB도 빼앗았단 말이죠. 흥흥."

– 확실한 거야?

마 사장은 햄버거를 참 좋아하지요? 하지만 햄버거에 있는 소고기가 오염이 된 채 제대로 조리되지 않을 경우, 이 햄버거를 먹고 톡소포자충에 감염될 수 있어요.

파라오가 째진 눈으로 마 사장을 째려보았다.

"그럼요, 흥흥. 우리 애들이 해낸다고 했잖아요, 흥흥."

파라오는 잠시 생각하더니 미심쩍은 듯 마 사장을 위아래로 훑었다.

- 그래도 확인을 해야 하니, USB가 오는 대로 나한테 가져와.

파라오가 나가고 나자 마 사장은 바닥에 떨어진 햄버거를 집어 입안에 넣었다.

"햄버거는 바닥에 떨어져도 맛있네, 홍홍."

개구리를 조종하는 리베이로이아흡충

"꺄아악~! 저기, 저기….."

광절열두조충의 충격에서 벗어난 관람객들이 다음 전시장으로 이동하기가 무섭게 한 관람객이 떨리는 손으로 유리창을 가리켰다. 그가 가리키는 방향을 본 다른 사람들도 비명에 동참했다.

"꺄악! 징그러워!"

유리로 된 공간 안에서 새 한 마리가 개구리를 삼키는 광경이 폐쇄회로를 통해 비춰지고 있었다. 그런데 개구리가 좀 이상했다. 뒷다리가 다른 개구리처럼 두 개가 아니라 네 개였던 것이다.

"내가 잘못 본 게 아니라면 개구리 다리가 좀 이상하네요?"

안내원이 입을 열었다.

"잘 보셨습니다. 몇몇 분들이 날카롭게 지적하신 것처럼 저 개구리는 다리가 여섯 개입니다. 왜 네 개가 아니라 여섯 개냐? 저 개구리 몸에는 리베이로이아흡충이라는 기생충의 유충이 들어 있습니다. 저 유충은 하루빨리 새한테 가야 어른이 되어 알을 낳을 수가 있거든요. 그러려면 개구리가 새한테 잡아먹히면 되겠지요?"

관람객 한 명이 중간에 끼어들었다.

"그러니까 리베 어쩌고 하는 기생충이 개구리의 뒷다리를 기형으로 만들어 새한테 잘 잡아먹히게 한다는 거예요?"

안내원이 마이크를 든 채 박수를 쳤다.

"바로 맞히셨습니다. 개구리 다리가 많아진다고 개구리가 더 잘 뛸 거라고 생각하는 분은 안 계시겠지요?"

또 다른 관람객이 물었다.

"그럼 이 리베 어쩌고 하는 기생충은 우리가 눈으로 볼 수 없는 건가요?"

안내원이 격렬히 고개를 끄덕였다.

"네, 그렇습니다. 다른 기생충은 자유 생활을 하도록 유도한 반면, 리베이로이아흡충은 기생충의 신비함을 가장 잘 드러낼 수 있는 녀석이라 자연의 모습 그대로 옮겨 놓았습니다."

"기생충이 어떻게 개구리 다리를 기형으로 만드는 겁니까?"

안내원은 질문할 줄 알았다는 듯 거침없이 설명해 나갔다.

"제가 알기로 리베이로이아흡충은 올챙이한테 먼저 들어간 뒤 뒷다리가 생기는 부위로 가서 기생을 합니다. 올챙이가 개구리로 자라면서 다리가 만들어질 때 이 기생충은 비타민A를 분비합니다. 연구에 따르면 개구리의 뒷다리가 생기려면 비타민A가 어느 정도 있어야 합니다. 한데 이 기생충은 뒷다리가 생기는 부위에 살면서

기생충은 사람에게 감염되는 것만 해도 수백 종입니다. 동물에게 기생하는 것까지 다 합치면 수만 종은 됩니다. 연구에 따르면 한 생명체 당 적어도 8~9종의 기생충을 가지고 있다고요. 정말 어마어마하죠8

추가로 비타민A를 더 분비해서 다리가 정상보다 더 많이 생기게
하는 거죠."

광절열두조충에 이어 리베이로이아홉충을 보자 관람객들의 분
위기가 좀 달라졌다.

"기생충 그거, 참 신기한 생물체야. 난 그저 남의 밥이나 축내는 한심한 놈들이라고 생각했는데."

"그러게 말이야. 자기가 살려고 다리를 더 만들다니, 이렇게 영악한 생명체가 있나."

나이 든 관람객이 너털웃음을 지었다.

"허허, 앞으로 이 기생충 같은 놈아, 라는 욕은 하지 말아야겠어. 나름 열심히 살고 있는 애들이구먼. 그런데 다음 코스는 뭔가? 어떤 신기한 기생충이 우릴 기다리고 있을지 궁금하구먼."

조교 장미래

비행기에서 내려 공항 밖으로 나간 노빈손은 혹시 로빈손 박사를 찾는 팻말이 있는지 살폈다. 순간 노빈손은 자기 눈을 의심했다. 말숙이가 두 손에 도화지를 들고 서 있는 게 아닌가.

"아니 쟤가 왜 저기에?"

노빈손은 말숙이의 등 뒤로 다가간 뒤 그녀를 부르며 어깨를 쳤다.

"말숙아!"

"꺄악!"

여자가 비명을 지르며 그 자리에 주저앉았다. 사람들의 시선이 노빈손에게 쏠렸다.

"말숙아, 왜 그래, 민망하게."

여자가 노빈손을 쏘아보았다.

"누구세요, 당신은?"

자세히 보니 여자는 말숙이가 아니었다. 좀 닮은 구석이 있긴 했지만, 여자는 말숙이보다 눈이 더 컸고, 얼굴이 갸름했다.

"그게 말입니다, 제가 아는 여자와 너무 닮아서요. 하하."

실수를 깨달은 노빈손이 잽싸게 그 자리를 빠져나가려는데, 바닥에 떨어진 도화지가 눈에 띄었다. 거기엔 'Welcome, Dr. Robinson!'이라고 쓰여 있었다.

노빈손은 다시 여자에게 다가갔다.

"혹시 로빈손 박사님 찾으시나요?"

☆ ☆ ☆ ☆ ☆ ☆ ☆ ☆ ☆ ☆ ☆ ☆ ☆ ☆ ☆ ☆ ☆ ☆

"뭐라고요? 로빈손 박사님이 피습을 당했다고요?"

노빈손은 여자와 공항 커피숍에 앉아 있었다. 말숙이와 닮은 그녀의 이름은 장미래로, 서민 박사 밑에서 조교로 일하고 있었다.

"네, 누군가에게 엉덩이를 찔린 것 같더라고요."

노빈손은 비행기에서 쓰러진 로빈손 박사를 봤을 때의 상황을 전했다. 장미래가 부르르 몸을 떨었다.

"아니 누가 그런 짓을? 그래서 아까 응급차 소리가 난 거군요."

"맞아요. 로빈손 박사님이 괜찮으실지 모르겠어요. 사람들 말로는 아마도 돌아가신 것 같다고…. 혹시 누가 이런 일을 벌였는지 짐작 가는 사람이 있나요?"

장미래는 잠시 생각하더니 고개를 저었다.

노빈손은 무언가 좋지 않은 예감에 휩싸였다.

"저를 서민 박사님과 만나게 해 줄 수 있어요? 가능한 한 빨리요."

장미래가 노빈손을 의심스러운 눈초리로 바라봤다.

"왜 당신이 서민 박사님을 만나려고 하는 거죠? 혹시 당신이 로빈손 박사님을 처치하고, 서민 박사님마저 어떻게 하려고…?"

노빈손이 황당하다는 듯 벌떡 일어섰다.

"이것 보세요, 장미래 씨! 지금 파라지파크가 위험하다고요. 여기서 이러고 있을 때가 아니에요. 빨리 파라지파크에 가야 해요!"

사라져 버린 USB

"어디, USB 좀 볼까? 홍홍."

마 사장의 말에 검은 양복의 사내가 가방에서 USB를 꺼냈다.

"홍홍, 이거로군. 홍홍, 그래. 수고했어. 나가 봐."

가 보라는 말에도 검은 양복의 사내는 돌처럼 가만히 방 안에 서 있었다.

"아이 참, 이 사람이 밝히기는. 홍홍. 잠깐만 기다려."

마 사장은 금고에서 돈을 꺼내 사내에게 건넸다. 사내가 나가자 마자 마 사장은 인터폰의 스위치를 눌렀다.

"파라오 님, 홍홍. 지금 막 USB를 확보했어요. 홍홍. 제가 지금 그리로 갈게요."

그로부터 3분 후, 파라오가 흡족한 미소를 지으며 마 사장의 머리를 쓰다듬었다.

- 마 사장, 수고했어. 일이 잘되면 당신 공은 잊지 않을 거야.

"파라오 님, 우리 사이에 무슨 그런 말씀을. 홍홍. 제가 당연히 해야 할 일인데요."

마 사장은 두 손으로 USB를 받쳐 들고 파라오에게 내밀었다.

"컴퓨터에 한번 꽂아 보게. 맞는지 확인은 해야지."

마 사장은 노트북 전원을 컨 뒤 USB를 꽂았다. 화면에 '동물의 왕국'이란 글씨가 나왔다.

– 동물의 왕국? 이거 맞는 거야?

파라오의 말에 마 사장이 씽긋 웃으며 대답했다.

"그럼요. 요즘은 비밀 유지를 위해 이런 식으로 위장을 많이 해요, 홍홍홍."

사자가 영양을 쫓는 장면이 비쳐지면서 내레이션이 흘러나왔다.

"영양은 잡아먹히지 않으려고 열심히 뜁니다. 사자는 영양을 잡아먹으려고 열심히 뜁니다. 이게 바로 정글입니다."

사자가 영양을 쫓는 광경은 무려 12분이나 계속됐다.

"이게 아니잖아!"

파라오가 채찍 비슷한 앞부분으로 노트북을 내리쳤다.

마 사장은 부들부들 떨며 어쩔 줄 몰라 했다.

"이, 이게 무슨 일이래? 호, 호호홍. 분명히 로빈손 박사의 지갑에서 꺼냈다고 했는데….'

파라오가 마 사장에게 명령했다.

"당장 벽 보고 손 짚어!"

파라오의 채찍이 마 사장의 엉덩이에 작렬했다. 채찍을 휘두를 때마다 마 사장이 신음을 내뱉었다.

저는 기생충학 교수님의 권유로 기생충 학자가 됐습니다. 제가 학생 때 「킬리만자로의 회충」이란 방송 드라마를 쓰는 등 기생충에 관심을 보이자 교수님께서 "쟤를 키워 보자" 그렇게 생각하신 거 같습니다.

"으으으, 잘하겠습니다. 파라오 님."

매질을 멈춘 파라오가 말했다.

"똑바로 해! 당장 로빈손 박사한테 가서 USB를 다시 빼앗아 와!"

자신의 방으로 돌아온 마 사장은 인터폰으로 부하들을 불렀다.

"도대체 일을 어떻게 하는 거야? 흥흥흥. 수단과 방법을 가리지
말고 USB를 다시 찾아와!"

KTX, 여수행

"근데 파라지파크가 위험하다는 건 무슨 얘기죠? 왜 그런 말을
한 거예요?"

장미래는 삶은 달걀 하나를 입에 집어넣으며 물었다.

"일단 로빈손 박사님의 지도교수인 스톨이란 사람이 죽었어요.
그리고 서민 박사님을 만나러 오던 로빈손 박사님이 공격을 받았
습니다. 둘 다 파라지파크와 관계가 있어요. 범인이 동일인이라면,
그가 이제 누굴 노릴까요?"

"앗! 서민 박사님!"

장미래가 놀라서 소리를 지르는 바람에 입속에 있던 계란의 파
편이 노빈손 얼굴에 튀었다.

"어머나, 내가 이런 실수를. 아무튼 서민 박사님이 위험한 거군 요! 어서 빨리 서민 박사님께 연락해 봐야겠어요."

장미래는 휴대폰으로 서민 박사에게 전화를 걸었다.

"어떡해요. 벨이 아무리 울려도 받질 않네요."

장미래가 울상이 됐다.

"벌써 무슨 일이 생긴 건 아니겠죠?"

"아직은 아닐 거예요. 파라지파크의 기생충을 만든 분을 그렇게 쉽게 죽일 리가 있겠어요?"

"제가 경찰에 연락해 볼게요."

장미래가 휴대폰으로 112를 누르려는 걸 노빈손이 말렸다.

"아직은 아무것도 확실한 게 없잖아요. 서민 박사님이 어떻게 됐 다는 것도 확인되지 않았고요. 혹시 화장실에 가셨을지도 모르니, 전화를 계속 좀 해 보는 게 좋겠어요."

장미래가 알았다고 하자 노빈손이 물었다.

"그나저나 파라지파크에는 어떤 기생충들이 있지요? 파라지파 크에 가기 전에 미리 알아 두면 좋을 것 같아서요."

장미래가 가방 안에서 책을 하나 꺼냈다.

"로빈손 박사님한테 드리려고 가져온 거예요. 서민 박사님이 쓴 건데, 이 책에 나오는 기생충들이 다 파라지파크에 있어요."

노빈손은 자리에 앉아 장미래가 준 『서민의 기생충열전』을 펴

기생충을 연구하며 가장 어려운 점은 기생충이 멸종됐다는 편견이지요. 멸종된 기생 충을 뭐하러 연구하냐, 연구할 게 있기나 하냐, 이런 질문을 받을 때가 좀 속상합니 다. 아직 기생충은 많이 남아 있고, 연구할 기생충도 무궁무진하거든요.

들었다.

"기생충은 비열하지만 탐욕스럽지는 않다니, 멋진 말인걸?"

 ## 파라오의 탄생

파라오는 책상에 있는 스탠드를 내동댕이쳤다. 아직도 분이 풀리질 않았다.

- USB가 더 있는지 몸 전체를 샅샅이 뒤졌어야지. 무슨 일을 그따위로 해!

파라오는 냉장고에서 콜라를 꺼내 단숨에 들이켰다.

파라오는 자신이 태어나던 순간을 뚜렷이 기억했다. 눈을 떴을 때, 바깥은 온통 깜깜한 어둠뿐이었다. 조금 있으니 몸에 힘이 넘치는 듯했다. 본능적으로 파라오는 위로 올라가야 한다는 것을 느꼈다. 좁디좁은 길을 헤치며 파라오는 위로 올라갔다. 저 위에서 밝은 빛이 비치는 것 같았다. 파라오는 그쪽을 향해 몸을 던졌다. 갑자기 주위가 환해졌다. 옆에는 한 사내가 목을 두 손으로 붙잡은 채 헉헉거리고 있었다. 그 사내를 다시 본 건 그로부터 한 달이 지난 뒤였다. 가운에 적힌 이름이 '서민'이라고 돼 있었고, 처음 봤을 때보다 훨씬 더 초췌해 보였다. 자신을 보자마자 그 사람이 말했다.

"확실히 내 몸에서 자란 거라 다르구나!"

처음에 파라오는 다른 기생충들도 다 자기처럼 세상에 나온다고 생각했다. 하지만 자신이 유일한 예외라는 것을 뒤늦게 알았다. 파라지파크의 기생충들은 모두 인공배양기 안에서 태어났던 것이다. 수많은 알들이 배양기에 담겨 있었고, 24시간 내내 기계 돌아가는 소리가 났다. 그렇게 석 달이 지나면 배양기에 있던 알이 부화됐고, 거기서 10센티미터가량 되는 기생충의 유충이 기어나왔다. 유충이 됐다고 배양기를 벗어나는 것은 아니었다. 그 뒤로도 몇 달을 더 배양기 신세를 진 뒤에야 유충은 세상 밖으로 나올 수 있었다. 그 유충이 어른이 되려면 또 오랜 세월이 걸렸다.

'나는 불과 하루 만에 지금의 크기가 됐는데….'

배양기를 나오고도 비실비실 걷는 유충들을 보면 그저 한심했다. 파라오는 자신은 남과 다른, 특별한 선택을 받은 기생충이라고 생각했다.

한번은 편충 두 마리가 그에게 다가와 인사를 했다.

"안녕? 우리랑 같은 종이네? 앞으로 친하게 지내자."

화가 난 파라오는 그 편충들을 먼지가 나도록 때렸다. 그들이 쓰러지자 파라오는 그들의 귀에 대고 낮게 속삭였다.

기생충은 살아 있는 숙주에서만 자라니 배양기에서 키우는 건 쉽지 않습니다. 하지만 기생충에 따라서 배양기에서 키울 수 있는 것도 있고(예쁜꼬마선충), 조건을 잘 만들어 주면 일부 단계에서 키울 수 있는 녀석들도 있지요.

"나는 관대하다."

얼마 지나지 않아 편충들뿐 아니라 다른 기생충들도 파라오를 두려워하게 됐다. 파라오의 명성이 높아지자 파라지파크에서 가장 덩치가 큰 광절열두조충이 나섰다.

"뭐? 편충 따위가 설쳐? 내가 손 좀 봐 주지."

그날 밤, 관리자들의 눈을 피해 편충과 광절열두조충의 격투기 시합이 열렸다. 광절열두조충은 긴 몸을 이용해 파라오를 수차례 때렸지만, 파라오는 끄떡도 하지 않았다. 광절열두조충이 지치자

파라오는 채찍으로 광절열두조충을 붙잡고 몸 마디마디를 모두 분해해 버렸다. 승부는 그것으로 끝이었다. 다음 날 아침, 관리인 김씨는 기생충의 건강 관리를 소홀히 했다는 이유로 질책을 받았다.

"우리 공원에서 제일 귀한 광절열두조충을 죽게 하다니, 그게 얼마짜리인 줄 알아요?"

야단을 맞고 난 뒤 사장실을 나오면서 김씨는 머리를 갸웃거렸다.

'저건 병들어 죽은 게 아니야. 몸이 조각조각 분해된 걸 보면 분명 엄청난 놈의 짓인데, 이곳에 광절열두조충을 이길 기생충이 있던가?'

이 싸움 이후 어떤 기생충도 파라오를 건드리지 않았다. 파라오는 스스로를 파라오라고 칭하고, 다른 기생충들한테도 그렇게 부르라고 명령했다. 간디스토마 한 마리가 실수로 '편충 님'이라 부른 적이 있었다. 그다음 날 관리인 김씨는 갈갈이 찢긴 간디스토마 한 마리를 발견했다.

'그놈, 그때 그놈의 짓이야!'

광절열두조충은 수백 개의 마디로 이루어진 기생충으로, 각 마디를 보면 가로가 세로보다 넓어서 '광절'이란 이름이 붙었습니다. 또한 머리에 난 홈으로 장 벽에 붙어 있는데 머리 부분이 찢어진 것처럼 보인다고 해서 '열두'라는 이름이 추가되었습니다.

6 대 4

"김 기자, 이제는 좀 얘기해 줘."

파라지파크에 들어온 김 기자와 카메라맨은 잔디에 앉아 생수를 마시고 있었다.

"돈을 벌 그 건수라는 게 뭔데? 여기서 만나는 기생충들을 찍는 거야?"

김 기자는 한심하다는 듯 카메라맨을 봤다.

"이봐, 이 파라지파크가 개장한 지 벌써 일주일이나 됐어. 방송사 카메라들이 수도 없이 왔다 갔다고. 게다가 요즘은 휴대폰 카메라가 워낙 좋잖아. 여기 사진들은 수도 없이 인터넷 사이트에 올라와 있을 거야. 우리가 찍는다고 해서 누가 보기나 하겠어?"

카메라맨은 울컥 화가 났다.

"촬영할 게 아니라면 진작 말해 줬어야지. 괜히 힘들게 카메라를 가져왔잖아."

카메라맨이 인상을 구기자 김 기자는 할 수 없다는 듯 카메라맨 쪽으로 돌아앉았다.

"좋아. 내가 여기 온 목적을 말해 주지. 사실 난 기생충의 피해자야. 일곱 살 때인가 어떻게 하다 요충에 걸렸어. 요충이라고 들어봤지? 항문을 가렵게 하는 그 기생충 말이야. 밤마다 난 똥꼬를 긁느라 잠을 자지 못했지. 내 키가 왜 작은 줄 알아? 바로 요충 때문이야. 성장호르몬은 주로 잠잘 때 나오잖아? 일곱 살이면 한창 클 나이인데, 그때 요충에 걸려 잠을 못 잔 거야. 하도 긁어 댔더니 나중엔 엉덩이가 헐더라고."

카메라맨이 눈살을 찌푸렸다.

"그 얘기는 수십 번도 더 들었어. 기생충으로 인해 피해를 본 거랑 여기 오는 거랑 대체 무슨 상관이냐고. 오히려 기생충 근처엔 얼씬도 안 해야 하는 거 아니야?"

김 기자는 카메라맨 앞으로 다가가 앉았다.

"그래서 지금 설명하려고 하잖아. 그렇게 기생충한테 피해를 봤으니 기생충에 대해서 내가 어떤 생각을 갖고 있겠어, 엉? 오직 복수해야겠다, 이런 일념뿐이라고. 그런데 기생충을 사람들한테 보여 준다는 파라지파크가 개장한다는 거야. 순간적으로 기회가 왔다고 생각했어. 잘 들어. 내가 알아본 바로는 이 파라지파크의 기생충들은 밖에다가 알을 낳는단 말이지. 지금부터 우리는 기생충의 사육장을 돌아다니면서 그 알을 이 가방에 담을 거야."

카메라맨은 아직도 무슨 말인지 모르겠다는 표정이었다.

"그걸 담아서 뭐하게?"

"뭐하긴. 지금 전 세계적으로 파라지파크에 대한 관심이 아주 많다고. 일본은 물론이고 미국, 프랑스, 캐나다 등 기생충이 줄어든

요충이 아이들의 잠을 방해해서 성장하는 데 지장을 준다는 것은 교과서에도 기록된 사실입니다.

나라들은 죄다 이런 걸 만들고 싶어 해. 그런데 걔네들은 기술이 없어. 이번에 기생충을 만든 기술은 우리나라에서 특허를 낸 거라, 함부로 쓸 수가 없거든. 그래서 이 알이 필요한 거야."

카메라맨의 눈이 휘둥그레졌다.

"그럼 기생충 알을 팔아서 돈을 벌자는 거야?"

김 기자가 고개를 끄덕였다.

"이제야 이해하는군. 그래야 기생충 때문에 상처받은 내 자존심이 회복될 수 있다고. 이 기생충 알들이 하나에 얼마쯤 될 거 같아? 최소한 몇 억은 받을 거야."

카메라맨이 자리에서 일어났다.

"기-승-전-돈이라고, 기생충에 대한 복수니 뭐니 거창하게 포장했지만 결국 네 목적은 돈이라는 거잖아? 그것도 우리나라 기술을 다른 나라에 팔아먹는. 난 이런 부도덕한 일에 동참할 수 없어. 여기까지 왔으니 기생충이나 좀 찍고 갈 테니까, 알을 훔치려면 너 혼자 해."

김 기자가 카메라맨의 팔을 붙잡았다.

"그렇게는 못 해. 우린 한 팀이야. 같이 왔으니 행동도 같이해야지."

카메라맨은 김 기자의 손을 뿌리쳤다.

다급해진 김 기자가 소리쳤다.

"좋아. 일이 잘되면 내가 수익금의 3할을 주지."

돌아서서 걷던 카메라맨이 발걸음을 멈췄다.

"4할을 주면 생각해 보지."

김 기자가 쓴웃음을 지었다.

"좋아. 40%를 주지. 그럼 우린 다시 한 팀인 거지?"

 ## 파라오의 복수

세상 돌아가는 사정을 알고 나자 파라오는 기가 막혔다. 자신들은 원래 인간들 몸에서 수백만 년 동안 살아오던 종족인데, 인간들이 언제부턴가 자신들을 멸종시키려 한다는 것이다. 그것도 모자라 인간들은 기생충을 아주 비열한 동물로 취급하고, 심지어 욕으로 쓰기까지 한다는 것. 파라오는 맹세했다.

"두고 보자. 내가 꼭 복수하고 말 거야."

파라지파크 기생충들이 낳는 알들은 매일 아침마다 수거돼 냉동창고에 보관됐다. 기생충의 수명이 다하거나 사고로 죽어서 개체 수를 더 늘릴 필요가 있으면 그 개수만큼 꺼내 배양기로 가져갔다.

그런데 어느 날, 편충 알 네 개가 없어졌다. 그리고 그다음 날, 관리인 김씨의 시신이 발견됐다. 홍합도에 왕진을 온 의사는 김씨의 시신을 보고 놀라움을 금치 못했다.

"영양실조로 인한 사망 같습니다."

의사는 주위 사람들을 힐끗 본 뒤 말을 이었다.

"의사 생활 20년째인데, 이렇게 바싹 마른 시체는 처음입니다. 김씨가 평소 식사를 잘 못 했나요?"

사람들은 저마다 고개를 갸웃거렸다.

"아닌데…. 김씨가 다른 건 몰라도 먹성 하나는 좋은 사람인데."

"그러게요. 체중도 꽤 나가는데, 안 본 지 하루 만에 저렇게 되다니…."

김씨가 죽은 뒤 기생충들은 편충 수가 4마리 늘어난 것을 확인했다. 그 편충들은 보통의 기생충들과 달리 기골이 장대했고, 무엇보다 포악했다. 파라 4총사로 불린 그들은 파라오의 말이라면 무엇이든 복종했다. 파라오의 말을 듣지 않는 기생충들을 흠씬 두들겨패는 건 파라 4총사의 몫이었다. 다른 기생충들은 파라 4총사의 그림자만 봐도 벌벌 떨었다. 결국 파라오는 파라지파크 기생충들을 완전히 장악했다.

파라오는 개장일을 벼르고 별렀다.

"파라지파크가 개장만 해 봐. 무서운 일이 일어날 거야. 음하하하하."

하지만 파라오의 계획에 차질이 생겼다. 안전상의 문제가 제기

거의 모든 야생동물이 기생충을 가지고 있거든요. 기생충이 이 세상에서 사라진다면, 아마 그 전에 인간이 먼저 사라질 거예요.

돼 파라지파크의 개장이 무기한 연기됐다는 것이다. 게다가 자기들을 죽일 수 있는 슈퍼 구충제가 만들어지고 있다는 소식이 들려왔다. 한참을 고민하던 파라오가 입을 열었다.

"안 되겠어. 뭔가 대책을 세워야겠어."

십이지장충의 거짓 미소

와, 귀엽다.
외계인 같아!

저런 기생충만
있으면
우리가 기생충을
미워할 이유가
없지!

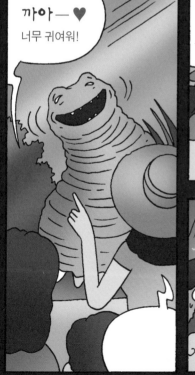

까아— ♥
너무 귀여워!

이 기생충은 십이지장충입니다.
처음 발견한 학자가 십이지장에서
이 기생충을 발견했기 때문이지요.

깜짝—

까악—

피, 피가
묻었어요!

놀라지 마세요, 여러분.
십이지장충은 원래
사람의 장 벽에 매달려
피를 빨아먹습니다.

그, 그럼
십이지장충에게 밥 대신
피를 주고 있다는 거요?

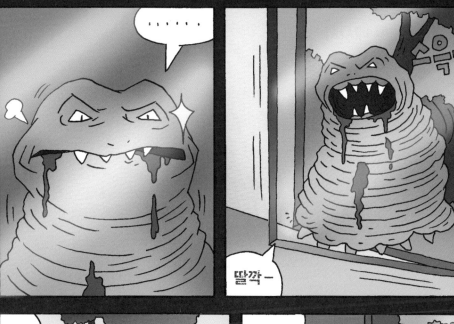

위험한 메시지

장미래와 노빈손은 파라지파크 호 안에 있었다. 파라지파크 호
는 여수항에서 홍합도를 오가는 배로, 파라지파크를 찾는 관람객
들을 위해 마련된 터였다. 노빈손이 물었다.

"서민 박사님은 여전히 전화를 안 받아요?"

"아, 그거 해결됐어요. 아까 문자 메시지가 왔는데, 지금 실험실
에서 실험 중이라 전화 못 받는다고, 할 말 있으면 문자로 하라시네
요."

노빈손이 안도의 한숨을 내쉬었다.

"다행이네요. 살짝 걱정했었는데."

장미래가 눈을 가늘게 뜬 채 노빈손을 봤다.

"근데 노빈손 씨, 아까 신분증 보니까 나랑 동갑이던데 말 놓는
거 어때?"

"좋아, 말 놓자."

노빈손이 쑥스러운 듯 머리를 긁적였다.

"그런데, 기생충에 대해 공부를 하다 보니 궁금한 게 생겼어. 편
충의 길이는 원래 3~5센티미터가 고작이라고 돼 있던데, 인터넷
에서 보니까 파라지파크의 편충은 엄청 크더라구. 어떻게 그리 커
진 거지?"

"그건 연구 초기에 예상하지 못한 부분이었어. 기생충의 알에서 자유 생활을 억제하는 단백질을 제거했다고 했잖아. 그러면 기생충이 기생하기 이전의 모습으로 돌아가게 되는데, 아마도 수억 년 전 기생충들은 크기가 엄청 컸던 모양이야. 직접 가서 보면 아마 깜짝 놀랄걸? 나도 편충이 위에서 날 내려다봤을 때 기생충한테 무시당하는 느낌이 들어 불쾌했거든."

"그렇구나. 기생충들 한번 보고 싶네. 근데 또 물어볼 게 있는데…."

그때 뽀옹 하고 방귀 소리가 들렸다. 순간 숨이 턱 막혀 왔다.

"흐억, 무슨 방귀가 이렇게 독해?"

장미래가 코를 싸쥐고 한 손으로 부채질을 해 댔다.

"아까 기차에서 먹은 계란 말이야, 하나가 상했더라고. 설마 무슨 일 있을까 싶어 그냥 먹었는데……."

"바다에서 이 정도면, 실내였으면 기절했겠다."

지독한 냄새 때문에 자신도 모르게 튀어나온 말이었다. 노빈손의 얼굴이 홍당무처럼 붉게 달아올랐다.

장미래는 자신이 너무했다 싶어 애써 아무렇지 않은 척했다.

"방귀야 뭐, 뀔 수도 있지 뭐. 하하. 나도 한창 방귀 뀔 때는 집에서 키우는 선인장이 질식해서 죽기도 했어. 그런데 아까 뭐 물어보려고 했어?"

67

"아아, 파라지파크가 개장한 지 일주일쯤 됐잖아? 그 동안 무슨 위험한 상황이라도 있었어?"

"글쎄, 난 주로 실험실에 있어서 잘 모르겠지만…."

장미래는 숨쉴 때마다 느껴지는 방귀 냄새를 힘겹게 외면하며 말을 이었다.

"걱정했던 것과 달리 기생충들이 특별히 위험하다고 느껴 본 적은 없어. 안내원들하고 얘기를 해 봤는데, 관람객들이 오면 몸을 좌우로 흔들면서 반가움을 표시한대."

사람을 보고 반가워하는 기생충이라니, 나중에는 기생충이 애완용으로 분양되는 게 아닌가 싶었다. 기생충 생각을 하다 보니 다시 서민 박사가 떠올랐다.

"참참, 서민 박사님한테 연락 좀 해라. 지금 나랑 가고 있고, 내가 로빈슨 박사님의 메시지를 전할 거라고. 그리고 혹시 모르니까 몸조심하시라는 얘기도 해 줘."

장미래는 서민 박사의 휴대폰으로 문자를 보냈다.

서민 박사님, 로빈슨 박사가 사고가 나서 같이 오지 못했습니다. 대신 다른 분과 가고 있는데, 그 분이 로빈슨 박사의 메시지를 전하겠답니다. 몸조심하시고 이따 뵙겠습니다.

원래 기생충의 유충엔 따로 이름을 붙이지 않습니다. 하지만 사람에게 치명적인 해를 입히는 유충에는 이름을 붙여요. 기생충학에선 세 녀석이 유명한데 스파르가눔, 유구낭미충, 그리고 포충입니다. 셋 다 유충이 병을 일으킵니다.

"마 사장님."

검은 양복을 입은 사내가 휴대폰을 들고 마 사장에게 다가갔다.

"이것 좀 보십시오. 장미래라는 자가 누군가와 함께 있는데, 그 자가 로빈손 박사의 메시지를 전한답니다."

사내가 보여 주는 휴대폰 화면을 본 마 사장은 고개를 갸우뚱했다.

"메시지라니, 홍홍홍. 혹시 이 자가 USB를 가지고 있는 거 아냐? 홍홍홍."

잠시 생각하던 마 사장은 사내에게 명령을 내렸다.

"이들이 파라지파크에 도착하는 즉시 잡아 오도록 해요, 홍홍홍. USB의 행방을 알고 있을 거야. 홍홍홍."

스파르가눔의 탈출

"이곳은 왜 이렇게 유리가 두껍나요?"

"저기 있는 저 기생충이 스파르가눔인데요, 웬만한 곳은 다 뚫고 들어갑니다. 머리 쪽에서 단백질을 분해하는 효소를 내지요."

한 관람객의 물음에 안
내원이 대답했다. 그들은
허옇고 긴 벌레가 꿈틀거
리는 광경을 지켜봤다. 벌레 길이
는 2, 3미터는 되는 듯했다.

한 아이가 손을 들고 말했다.

"저 기생충, 책에서 읽어 본 것 같아요. 사람에게 들어오
면 뇌까지 침입하는 그거 맞죠?"

안내원이 아이를 바라보며 미소를 지었다.

"맞습니다. 뇌뿐 아니라 우리 몸 어디라도 갈 수 있는 기생충입
니다. 뱀을 좋아하는 우리나라와 중국에서 특히 유행하는 기생충
이지요."

갑자기 어디선가 **'쿵'** 소리가 났다. 관람객들이 일순간 얼음처

럼 굳어 버렸다. 알고 보니 그 소린 스파르가눔이 유리벽을 머리로 들이받아서 나는 소리였다. 안내원이 동요하는 관람객들을 진정시켰다.

"다른 기생충과 달리 저 기생충은 사람이 종숙주, 즉 알을 낳는 숙주가 아니에요. 개나 고양이가 종숙주입니다. 그래서 그런지 성격이 좀 포악한 편이에요. 두꺼운 벽을 만들어야 했던 것도 그 때문이죠."

스파르가눔은 몇 번이나 머리로 유리벽을 들이받았다. 그러거나 말거나, 관람객들은 다음 코스로 이동하기 시작했다.

관람객들이 지나간 후에도 스파르가눔은 계속 유리벽을 들이받았다. 놀랍게도 스파르가눔이 들이받은 곳에 미세한 균열이 생기고 있었다. 잠시 후, 유리벽에는 사람 머리만 한 구멍이 뚫렸다. 스파르가눔들이 한 마리씩 그 구멍으로 나오기 시작했다.

스파르가눔은 원래 고양이나 개한테 들어가야 어른이 되어 짝짓기를 할 수 있어요. 그런데 이 녀석이 인간에게 들어오면 어른이 되지 못한 채 아이(유충) 상태로 날뜁니다. 이 녀석을 스파르가눔이라고 합니다. 성충이 되면 만손열두조충이라고 하지요.

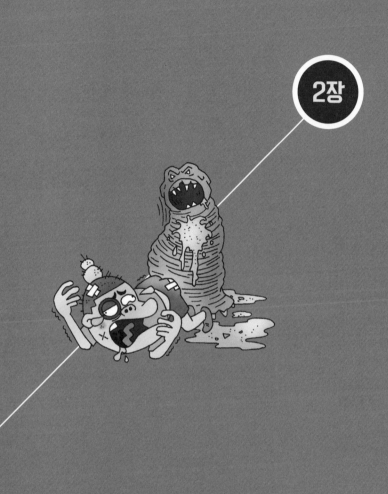

2장

노빈손, 파라지파크에 들어오다

장미래와 노빈손은 선착장에 세워 둔 차를 이용해 파라지파크 정문에 도착했다.

"바로 여기야. 그런데 차단기가 열리지 않네? 오늘 아침에만 해도 잘됐는데."

장미래가 고개를 갸웃거렸다.

"후진했다가 다시 전진해 봐. 카드 리더기가 카드 인식을 순간적으로 못 할 수가 있어."

노빈손의 말대로 했지만 차단기는 열리지 않았다.

"미래 씨, 저기 좀 봐 봐!"

노빈손이 다급하게 말했다. 검은 옷을 입은 사내들이 장미래의 차 쪽으로 달려오는 게 보였다.

"한눈에 보기에도 나쁜 놈들 같은데, 일단 여기서 도망치는 게 낫지 않을까?"

"그래, 그게 좋겠다."

장미래는 액셀러레이터를 힘껏 밟았다. 차단기가 차 앞부분에 부딪혀 부러졌다. 백미러로 검은 옷의 사내들이 노빈손이 탄 차를 쫓아오는 게 보였다.

장미래는 더 힘차게 액셀을 밟았고, 뒷길을 이용해 교묘하게 사내들을 따돌렸다.

쫓아오던 사내들이 시야에서 사라지자 노빈손이 물었다.

"저 사람들이 왜 우리를 쫓아오지?"

"글쎄…. 저 남자들은 어느 날 갑자기 마 사장이 데려온 자들이야. 명분은 파라지파크의 안전이라는데, 솔직히 저 남자들 때문에 다들 무서워하거든. 꼭 조폭 같지 않아? 굉장히 불량스러워 보이더라고. 혹시 이번 일과 관계된 걸까?"

"그건 모르겠지만 아무래도 조심하는 게 좋겠어."

잠시 침묵이 이어지다 장미래가 입을 열었다.

"참, 빈손 씨. 말숙이가 누구야? 나 처음 봤을 때 말숙이랑 착각했잖아. 여자 친구?"

"응."

장미래가 알겠다는 듯 고개를 끄덕였다.

"나하고 헷갈릴 정도면 말숙 씨도 무지 예쁘겠구나. 너 보기보다 눈이 높다, 하하하."

혼자 웃던 장미래가 덧붙였다.

"너, 여자 친구도 있는 애가 나한테 흑심 품고 그러면 안 된다, 알았지?"

노빈손이 장미래에게 눈을 흘겼다.

"그 얼굴은 한 명이면 족하거든!"

주차장에 차를 세운 뒤 둘은 차에서 내렸다.

"서민 박사님을 만나려면 저기로 가면 돼."

앞장 서서 걷는 장미래를 노빈손이 끌어당겼다.

"잠깐만!"

장미래가 놀라서 뒤를 돌아봤다.

"너, 내가 흑심 품지 말라고 경고했지?"

장미래의 말에 노빈손이 건물 출입구를 손가락으로 가리켰다.

"오버하지 말고 저기 좀 봐. 또 다른 검은 옷의 남자들이야. 우리를 잡으려는 걸지도 몰라."

"정말? 대체 왜?"

장미래의 얼굴에 두려움이 스쳤다.

"그건 나도 모르겠고 일단 저 사람들 눈에 띄지 않고 건물 안으로 들어가야 할 텐데, 무슨 방법이 없을까?"

"그거라면 나한테 맡겨."

장미래는 건물 뒤쪽으로 노빈손을 안내했다. 커다란 철문이 있었다.

"여기는 일반인들이 거의 드나들지 않는 곳이야. 기생충 알을 운반하는 차가 하루 한 번씩 이곳으로 드나드는 게 전부지. 원래 자동인데, 지금 리모컨이 없어서 손으로 밀어야 해."

"알을 운반한다고?"

혼자 힘으로 문을 밀던 장미래가 거친 숨을 몰아쉬었다.

"헥헥! 그게 말이야, 이 공원이 잘 돌아가려면 기생충의 개체 수가 일정하게 유지돼야 해. 그러려면 기생충들이 낳은 알들이 막 부화해서는 안 되겠지? 그래서 알들을 매일 아침 인부들이 냉동실로 운반해."

장미래의 말에 노빈손의 표정이 놀라움으로 바뀌었다.

"내가 아까 책에서 보니까 기생충들은 굉장히 알을 많이 낳던데, 그걸 무슨 수로 다 옮기냐?"

장미래가 문을 밀면서 힘겨운 목소리로 대답했다.

"기생 생활을 할 때는 기생충들이 알을 많이 낳았지. 회충 같으면 한 마리가 하루 20만 개까지 낳았으니까. 그건 자신이 알을 돌보지 못하니, 많이 낳으면 그중 몇 개라도 부화할 수 있을 거라는 종족 번식의 본능에서 비롯된 거야. 하지만 지금 자유 생활을 하는 기생충들은 알을 낳으면 다 자기가 돌볼 수 있거든. 그러니 낳는 알의 개수가 대폭 줄어들 수밖에 없어. 회충만 해도 한 달에 2~3개 정도 낳을까 말까야."

노빈손이 다시금 물었다.

"저기, 알을 빼앗아 갈 때 기생충들이 반항하지 않아? 걔들도 모성애 같은 게 있을 거 아냐."

열심히 철문을 밀던 장미래가 잠시 손을 놓았다.

회충이 하루 20만 개 알을 낳지만, 그보다 더 많이 낳는 것도 있습니다. 몸이 기다란 광절열두조충은 하루 100만 개 이상의 알을 낳지요.

"처음엔 그랬지. 알 가져갈 때 기생충들이 울부짖고, 난리도 아니었어. 그래도 어쩌겠어? 파라지파크가 유지되려면 기생충 개체 수가 어느 정도 일정해야 하잖아. 걔들도 나중에는 이해를 해 주더라고."

"원래 기생충들이…."

"저기!"

장미래가 노빈손의 말을 툭 잘랐다.

"질문만 하지 말고, 문 좀 같이 밀지?"

머쓱해진 노빈손이 문 쪽으로 다가가다 건물 뒷마당에서 무언가를 발견했다.

"저게 뭐야?"

나무 위에서 2미터쯤 되는 연분홍색 벌레가 마구 꼬리를 흔들고 있었다.

"회충 같은데…. 쟤가 왜 저러고 있지?"

노빈손이 궁금증을 못 참고 회충 쪽으로 가려 하자 장미래가 막아섰다.

"지금 우린 쫓기고 있어. 이럴 시간 없다고. 어서 서민 박사님을 만나야지."

"당장 곤경에 빠진 기생충을 외면하지 마라. 이거 서민 박사님이 했던 말이야. 잠깐만 기다려."

노빈손이 다가가서 보니 회충 한 마리가 나뭇가지에 꼬리가 묶인 채 몸부림을 치고 있었다. 아무리 봐도 혼자 힘으로 빠져나오긴 힘들어 보였다.

"내가 도와줄까?"

노빈손이 묻자 회충이 슬픈 눈으로 노빈손을 바라봤다.

"너 오늘 운 좋은 줄 알아. 나같이 마음이 따뜻한 사람을 만나다니."

노빈손은 회충 꼬리의 매듭을 풀어 주었다. 겨우 빠져나온 회충은 노빈손을 향해 고개를 숙였다.

"아, 괜찮아. 난 원래 이렇게 인도적인 사람이거든. 어쩌다 이런 곤경에 처했는지 모르겠지만, 앞으로 조심해. 알았지?"

– 알았어. 조심할게.

노빈손은 기절할 듯이 놀랐다.

"누, 누구야? 방금 누가 말한 거야?"

뒤를 돌아보니 아까 그 회충이 방긋 웃고 있었다. 책에서 본 것처럼 입술이 세 개였다.

"방금… 네가 말한 거니?"

노빈손의 말에 회충이 고개를 끄덕였다.

– 그래. 구해 줘서 고마워.

노빈손이 놀라서 눈이 휘둥그레졌다.

회충은 지금도 지구상에서 가장 많은 숫자를 자랑하는 기생충입니다. 선진국에선 거의 멸종했지만, 못사는 나라들엔 회충이 아직도 많이 있습니다. 강력한 외모에 비해서 얌전하게 기생 생활을 하는 녀석입니다.

"야야, 완전 대박! 기생충이 말을 한다!"

그때 갑자기 장미래가 달려오더니 노빈손의 멱살을 잡았다.

"야! 너 빨리 좀 오라니까. 결국 나 혼자 문 열었잖아!"

쥐를 조종하는 톡소포자충

"저건 기생충이 아니라 쥐잖아요?"

'톡소포자충'이란 이름이 붙은 전시관에는 기생충 대신 쥐들만 바글거렸다.

"쥐를 보려고 입장권을 산 게 아닌데…."

관람객들의 불만이 여기저기서 터져 나오자 안내원이 마이크를 잡았다.

"지금 여러분께서 보시는 것은 물론 쥐입니다. 하지만 이 쥐는 보통 쥐가 아니에요. 기생충에 감염된 특수한 쥐랍니다."

관람객들은 여전히 이해가 안 된다는 표정이었다.

"우리가 보기엔 그냥 평범한 쥐 같은데요. 아닌가요?"

안내원이 몸을 돌리더니 빨간색 스위치를 눌렀다. 그러자 외부와 통한 문이 열리면서 고양이 한 마리가 쥐에게 다가왔다.

"고, 고양이가 나타났어!"

관람객 중 일부는 잠시 후 벌어질 참극을 상상하며 눈을 가렸다.

"이게 뭡니까? 아이들한테 쥐가 고양이한테 잡아먹히는 걸 보여 줄 셈인가요?"

관람객의 항의에 안내원이 목소리를 높였다.

"그게 아닙니다. 지금 고양이와 쥐 사이에는 얇은 플라스틱 막이 놓여 있습니다. 그러니 여러분들이 상상하는 그런 장면은 일어나지 않을 겁니다. 여기서 보셔야 할 건 고양이가 아니라 쥐들입니다."

관람객들은 안내원의 지시대로 쥐를 관찰했다.

"뭐야? 별 특별한 게 없어 보이는데."

잠시 후, 한 아이가 쥐를 가리키며 한마디 던졌다.

"아빠, 저 쥐는 왜 고양이를 무서워하지 않아?"

관람객들은 그때서야 깨달았다. 거기 있는 쥐들은 고양이가 다가오는데도 전혀 동요하지 않은 채 고양이를 째려보고 있었던 것이다. 오히려 고양이 쪽으로 다가서는 쥐도 있었다.

"아니 이럴 수가? 원래 쥐는 고양이를 만나면 도망치거나 꼼짝도 못한 채 벌벌 떨어야 하는 거 아닌가요?"

한 관람객의 질문에 안내원이 말했다.

"네, 그렇습니다. 그래야 맞죠. 하지만 저 쥐들은 지금 톡소포자충이라는 기생충에 감염돼 있습니다. 이 기생충은 고양이한테 가야지 짝짓기를 할 수 있어요. 그래서 톡소포자충은 쥐가 고양이를 무서워하지 않도록 세뇌시켜서 쥐가 고양이한테 잡아먹히게 만들어요."

설명을 들은 관람객들은 신기하다는 듯이 쥐를 바라봤다. 누군가가 물었다.

톡소포자충이 작아도 한 마리만 감염되면 쥐를 조종할 수 있어요. 톡소포자충은 몸 안에서 꾸준히 증식하기 때문에 이론적으로는 한 마리가 들어가도 수백 마리 이상으로 수를 늘린 뒤 뇌로 가서 살아요.

82

"그럼, 톡소포자충이 혹시 사람도 조종할 수 있나요?"

안내원은 고개를 가로저었다.

"그건 알 수 없습니다. 하지만 톡소포자충에 감염된 남자들은 친구가 없고 반사회적 성향을 보이며 교통사고를 더 잘 낸다, 이런 보고가 있습니다. 따라서 사람도 어느 정도는 조종이 가능할 것으로 보입니다."

안내원의 말에 관람객들은 깜짝 놀랐다.

"아니 사람도 조종할 수 있다니!"

"기생충 말이야, 다시 봐야겠어."

 ## 마 사장의 기억 상실

"뭐라고, 홍홍홍. 장미래를 놓쳤다고?"

마 사장은 분이 풀리지 않았다.

"도대체 어떻게 그놈들을 놓칠 수 있냐? 홍홍홍. 너희들이 그러고도 사람이야. 홍홍홍."

검은 양복의 사내들이 고개를 푹 숙였다. 유난히 얼굴의 칼자국이 도드라지는 사내가 입을 열었다.

"정문을 지키던 애들이 잠깐 담배 피우러 간 사이에 놈들이 도착한 거 있죠. 하지만 CCTV에서 운전자의 모습을 확보해 놨으니 찾는 것은 시간문제입니다."

마 사장은 얼굴을 찌푸렸다.

"이런 기생충 같은 녀석들, 홍홍홍. 시키면 뭐 하나 제대로 하는 게 없어, 홍홍홍."

마 사장의 말에 칼자국의 사내가 선글라스를 벗어젖혔다.

"사장님, 말씀이 심하십니다. 아무리 그래도 그렇지, 우리를 기생충에 비유하시다뇨."

옆에 서 있던 매부리코도 거들었다.

"맞아. 할 욕이 있고 하지 말아야 할 욕이 있지, 어떻게 기생충이라고 할 수 있어요, 엉?"

얼굴이 넓어 넙치라고 불리는 사내 역시 콧김을 뿜으며 위협적으로 다가섰다.

"마 사장, 어디서 갑질이야? 우리가 아랫사람이라고 말 함부로 해도 되는 거야?"

사내들이 자신을 빙 둘러싸자 마 사장은 화가 더 뻗쳤다.

"이, 이놈들이 감히 나한테…! 홍홍홍, 으, 혈압 오른다. 으으…."

격노하던 마 사장은 그만 뒷목을 잡고 쓰러지고 말았다. 예상치 못한 일이었다. 검은 옷의 사내들은 잔뜩 겁을 집어먹고 마 사장 곁으로 달려들었다.

기생충 같다는 말을 욕으로 쓰며 사람들이 기생충을 싫어하는 걸 보면, 저는 기생충을 사랑하는 학자로서 더 열심히 연구해야겠다 그런 생각이 들어요.

"사, 사장님!"

"병원으로 옮겨야 해. 어서 사장을 들어."

"넙치, 너 때문에 사장이 이렇게 된 거잖아!"

"나만 그랬어? 니가 먼저 시작했잖아!"

"지금 그런 거 따질 때야? 일단 사장을 구하고 얘기하자고."

"119를 얼른 불러!"

"야, 지금 불러서 언제 오냐! 배 타고 내일이나 오겠네!"

"그럼 일단 뜨거운 물이라도 가져와!"

"지금 애 낳냐?"

사내들이 어쩔 줄 몰라 하며 우왕좌왕하는 사이, 마 사장이 눈을 떴다. 여러 개의 눈들이 자신을 보고 있었다.

"응? 여기가 어디지?"

"사장님, 깨어나셨군요."

"걱정했습니다. 흑흑."

마 사장이 몸을 일으켰다.

"그런데 당신들은 누구시죠? 혹시 말로만 듣던 조폭인가요? 왜 여기에…."

사내들은 사장이 좀 이상해진 게 아닌지 걱정이 됐다. 칼자국의 사내가 나섰다.

"사장님, 저희 기억 안 나십니까? 지난주부터 사장님 밑에서 일했는데."

"내가 당신들을 고용했다고요? 그럴 리가."

마 사장은 인터폰을 눌렀다.

"김 비서, 잠깐 들어와 봐."

잠시 뒤, 김 비서가 들어왔다.

"저 사람들 누구지? 자네가 데려왔나?"

김 비서는 마 사장의 갑작스러운 질문에 머뭇거리다 입을 열었다.

"사장님께서 직접 고용하신 분들입니다. 사실 저희도 좀 이상했는데, 사장님이 강력하게 밀어붙이셔서…."

마 사장은 당황스러워하며 머리를 감싸 쥐었다.

"슈퍼 구충제는 어떻게 됐지? 그게 있어야 파라지파크를 개장할 텐데."

김 비서가 놀란 표정을 지었다.

"네? 파라지파크는 이번 주 월요일에 개장했습니다. 지금도 관람객들이 들어와 있고요."

"뭐? 개장을 했다고? 말도 안 돼. 서민 박사는 어디 있나? 아무래도 그 친구를 좀 만나 봐야 할 것 같아."

사내들은 영문을 몰라 서로 마주 봤다. 김 비서도 난감한 표정을 지었다.

"저, 서민 박사는 사장님께서 지하 창고에 가두라고 하셨습니다.

그래서 저희가….'"

마 사장이 책상을 꽝 내리쳤다.

"뭐? 내가 그런 명령을 내렸단 말이야?"

혼란스러워진 마 사장은 사람들에게 나가라고 했다.

"혼자 있고 싶네. 별도의 지시가 있을 때까지 들어오지 말게."

사내들이 나간 후 마 사장은 과거의 일들을 기억하려고 했다. 하지만 그럴수록 머리만 깨질 듯 아파 왔다.

"에이, 뭐가 어떻게 된 건지 모르겠네."

마 사장은 사장실 옆에 딸린 화장실에 가서 소변을 보기 시작했다.

"내가 서민 박사를 가두라고 했다고? 내가?"

혼잣말을 중얼거리던 마 사장은 불현듯 누군가 옆에 있는 느낌을 받았다. 고개를 돌리는 순간 마 사장은 목에 강한 통증을 느끼고 쓰러졌다. 쓰러지기 전에 마 사장은 보았다, 자기 목을 휘어감은 놈이 편충이라는 것을. 바닥에 쓰러지면서 마 사장은 낮게 웅얼거렸다.

"이 상황을 이전에도 겪었던 것 같은데….'"

마 사장이 쓰러지자 파라오는 손에 들고 있던 캡슐의 뚜껑을 열었다. 벌레 한 마리가 나와 마 사장의 얼굴로 기어간 뒤, 귀로 들어갔다. 마 사장의 몸이 순간적으로 떨렸다.

원래부터 사람 몸에 들어오는 기생충은 적응이 잘 되어서 우리 몸에 들어와도 별로 증상을 느낄 수가 없지만, 다른 동물들에 살던 기생충이 우리 몸에 들어오면 몸이 아플 수가 있지요.

5분 후, 마 사장은 파라오에게 머리를 조아리고 있었다.

"파라오 님, 뭐든지 명령만 내려 주세요, 홍홍홍. 전 당신의 충실한 종이에요. 홍홍홍홍."

돌변한 기생충들

"자, 다음은 여러분이 잘 아는 기생충입니다. 바로 회충을 소개합니다!"

안내원의 소개를 듣고 유리문 밖을 본 사람들은 그저 감탄할 수밖에 없었다. 기생충의 바다가 펼쳐져 있었다. 우유 빛깔 피부를 지닌 기생충 10여 마리가 누운 채 웃고 떠들고 있는 광경은 말 그대로 장관이었다.

"꼭 일광욕을 하는 것 같아요."

한 아이가 말하자 또 다른 아이가 나섰다.

"음, 저는 단체로 낮잠 자는 것 같아요."

회충 한 마리가 일어나더니 유리문 쪽으로 가까이 다가왔다.

"저기, 얼굴에 있는 건 뭔가요?"

안내원이 설명했다.

"입술입니다. 회충은 사람과 달리 입술이 세 개가 있습니다. 참 신기하죠? 저도 처음엔 무지 신기했답니다."

"대박!"

입술은 대박이었지만, 피부는 그렇지 못했다. 사람들은 회충의 피부에 유난히 상처가 많은 걸 보고 의아해했다. 자세히 보니 다른 회충도 피부가 성하지 않았다.

"회충아, 너 혹시 피부병 있니? 많이 긁었나 봐. 피부에 저렇게 상처가 많다니."

"그러게나 말이야. 기생충도 피부병이 있니?"

관람객들이 묻자 회충은 슬픈 표정으로 고개를 저었다.

"와, 신기해. 우리가 한 말에 기생충이 대답을 하잖아."

"기생충하고 대화가 되다니, 내가 기생충 수준인가?"

"큰일 났어요. 저기, 저기…."

관람객들이 신기해하며 떠들어 대는 바람에 한 아이가 내지른 고함 소리는 묻혀 버리고 말았다.

"저기요, 저기!"

아이가 가리키는 곳에 이빨 두 쌍을 드러낸 십이지장충들이 다가오고 있었다.

"기생충이 들어왔어요!"

아이가 두 번째로 내지른 고함 소리는 그래도 몇 명이 알아들었다.

"뭐? 기생충이 어쨌다고?"

관람객들이 아이가 가리키는 방향을 바라보았다.

"십이지장충이야!"

"저게 어떻게 들어왔지?"

"침착해! 기생충들은 대부분 온순하다잖아."

말은 그렇게 했지만 겁먹은 관람객들이 뒷걸음질을 치기 시작했다.

"꺄악!"

어느샌가 뒤쪽으로 성큼 다가온 십이지장충들이 사람들의 뒷덜미를 물어 올렸다.

"엄마야~!"

공포에 질린 사람들은 비명을 지르며 반대쪽으로 냅다 뛰기 시작했다. 하지만 그 질주는 오래가지 못했다. 반대쪽에는 길이가 20미터에 달하는 광절열두조충이 도사리고 있었으니까.

- 무릎을 꿇어라!!

십이지장충들 틈에서 커다란 목소리가 들렸다. 관람객들의 눈이 모두 그쪽으로 쏠렸다. 잠시 뒤, 편충 세 마리가 천천히 걸어 나왔다. 키가 2미터도 더 될 것 같았다.

관람객들은 모두 머리에 손을 얹은 채 무릎을 꿇었다. 십이지장충들이 그들 주위를 돌면서 휴대폰을 빼앗았다. 휴대폰을 다 수거하자, 몸에 음성변환기를 부착한 편충이 앞으로 나왔다.

- 자, 당장 구내식당으로 이동한다. 알겠나?

관람객들은 멍하니 서 있었다. 몇 명은 이런 대화를 주고받기도 했다.

가장 큰 기생충은 광절열두조충입니다. 2미터까지 자란 것이 있다고 기록돼 있네요.

"구내식당이 어디야?"

"낸들 알아? 여기 오늘 처음 왔는데."

그때 편충의 채찍이 바람을 가르는 소리가 났다.

휘잉~잉.

동시에 남자 한 명이 등짝에 채찍을 맞고 쓰러졌다. 겁에 질린 안내원이 재빠르게 튀어나왔다.

"제, 제가 구, 구내식당을 알아요. 절 따라오세요."

관람객들은 일제히 안내원의 뒤를 따라 뛰기 시작했다.

 ## 포로가 된 노빈손

"아무도 없는데?"

서민 박사의 실험실은 텅 비어 있었다.

"이상하다. 분명히 실험실에 계시다고 했는데."

장미래가 서민 박사가 보낸 문자 메시지를 다시 확인했다.

"이제 어떻게 하지? 전화도 계속 안 받으시고."

두 사람은 불안감에 휩싸였다.

"아까 받은 그 문자 메시지, 서민 박사님이 보낸 게 아닐지도 모르겠어. 좀 이상하잖아? 우리가 정문에 도착하자마자 놈들이 쫓아왔다는 게."

장미래가 깜짝 놀랐다.

"어머, 정말?"

"문자를 다시 한 번 보내 보자."

노빈손은 장미래의 전화기로 문자 메시지를 보냈다.

> 서민 박사님, 장미래입니다. 저희는 지금 125호실 앞에 있습니다.
> 오실 때까지 기다리겠습니다.

문자를 보내고 노빈손은 장미래와 함께 1층과 2층 사이의 계단에 숨었다. 그로부터 3분이 채 되지 않아 검은 양복을 입은 사내들이 우르르 몰려왔다.

얼굴에 칼자국이 있는 사내가 분한 표정을 지었다.

"없잖아! 이 미꾸라지 같은 놈들."

"도대체 어디 간 거야?"

사내들은 잠시 주위를 살피다 다시 우르르 몰려갔다.

"그것 봐, 역시 서민 박사님은 지금 저놈들에게 잡혀 있는 거야."

계단 사이에서 나온 노빈손이 낮게 속삭였다. 장미래의 얼굴이 창백해졌다.

개인적으로 광절열두조충을 가장 좋아합니다. 크기가 몇 미터에 달할 만큼 큰데도 불구하고 사람에게 별다른 증상을 일으키지 않거든요. 기생충의 정신이란 게 바로 이런 거죠. 얻어먹되 피해는 주지 말자, 이런 거죠.

"이제 어쩌지?"

"혹시 말이야, 이 건물에 사람을 잡아서 가둘 만한 공간이 있니?"

노빈손이 물었다.

"그런 공간이야 많지. 하지만 사람을 가두려면 지하실이 나을 거야. 여기 지하에도 창고 비슷한 곳이 있거든."

장미래가 말을 멈춘 채 노빈손을 바라봤다.

"노빈손."

"응?"

노빈손은 장미래의 표정에서 심상치 않은 기운을 느꼈다.

"왜 그래? 지금 이 시점에 고백이라도 하려는 거야? 난 이미 말숙이가 있다니까."

"그게 아니라 혹시 무슨 소리 못 들었어?"

"응? 난 아무 소리도….”

순간 장미래의 얼굴이 흙빛으로 변하더니 뒤로 주춤주춤 물러났다.

"갑자기 왜 그래?"

장미래가 손가락으로 뒤쪽을 가리켰다.

"저… 저기….”

노빈손이 뒤를 돌아보았다. 이빨을 드러낸 십이지장충의 커다란 얼굴이 노빈손을 노려보고 있었다. 노빈손이 고개를 갸웃거렸다.

"쟤는 왜 저렇게 사나운 표정을 짓고 있지? 뭘 잘못 먹었나?"

노빈손은 십이지장충에게 다가가 해맑게 미소 지으며 손을 내밀었다.

"넌 이름이 뭐니? 난 노빈손이라고 해."

그러자 십이지장충이 날카로운 이빨로 노빈손의 손목을 물었다.

"아야!"

노빈손이 비명을 지르며 왼손으로 십이지장충의 얼굴을 마구 때렸다.

"내 손 놔! 어서 놔, 놓으라고!"

벌게진 십이지장충이 입을 열자 노빈손은 잽싸게 손을 빼냈다.

"저, 저 녀석이 물었어. 여기 자국 난 것 좀 봐. 아우, 정말 아파 죽겠네. 장난이 너무 심한 거 아냐?"

장미래가 하얗게 질린 얼굴로 노빈손의 팔을 잡았다.

"일단 도망가자. 뭔가 잘못되어 가고 있어."

그러나 채 한 발을 내딛기도 전에 노빈손은 자기 몸이 들리는 것을 느꼈다.

"놔! 이거 놔, 이 기생충아!"

어떤 기생충 학자가 되고 싶냐고요? 저는 기생충의 편에 서서 그들의 억울함을 대변해 준 드문 학자로 기억되고 싶습니다.

김 기자, 기생충에게 쫓기다

십이지장충들이 건물 안으로 사라지자 김 기자와 카메라맨은 잽싸게 십이지장충의 사육장 안으로 들어갔다.

"이상하다. 분명히 알이 있을 줄 알았는데. 얘네들은 알을 낳지 않는 건가? 아니면 수컷들만 있나?"

김 기자는 실망한 나머지 사육장에 주저앉았다.

"근데 그 알이 정말 돈이 되는 거 맞지?"

카메라맨의 말에 김 기자가 짜증스러운 얼굴을 했다.

"아 그렇다니까. 그게 아니면 내가 왜 취재를 빙자해서 여기까지 왔겠어?"

지친 카메라맨은 사육장을 나와 잔디밭에 길게 드러누웠다.

"알았어. 일단은 네가 하자는 대로 따를게. 6 대 4로 나누는 건 꼭 지켜, 알았지?"

"알았어, 어, 저기 봐. 요충이야!"

끝이 뾰족해 핀벌레라고 불리는 요충 세 마리가 연못에서 몸을 씻고 있었다. 김 기자는 적의에 불타는 눈으로 요충들을 바라보며 가방을 고쳐 멨다.

"저놈들이 어릴 적 내 항문을 그렇게 간질이던 애들이라니까. 저놈들 알은 죄다 가져가야 해."

카메라맨이 고개를 주억거렸다.

"그래서 그렇게 큰 가방을 준비했군. 난 무슨 배낭여행이라도 떠나는 줄 알았어."

요충들이 목욕을 하느라 정신이 팔려 있을 때, 둘은 조심조심 사육장 안으로 들어갔다. 역시 기생충의 알은 보이지 않았다.

"아유, 짜증나. 알을 어디다 빼돌린 거야? 이러다 빈손으로 가는 거 아냐?"

사육장 밖으로 나간 김 기자는 너무 화가 난 나머지 잔디를 걷어찼다. 그 바람에 잔디 위에 놓여 있던 돌이 날아가 목욕을 하던 요충의 머리에 그대로 명중했다.

"이런!"

김 기자와 카메라맨은 몸이 얼어붙은 듯 굳어 버렸다. 요충이 천천히 고개를 그들 쪽으로 돌렸다. 요충의 가슴에 있는 음성변환기에 빨간 불이 들어왔다.

- 뭐야? 한참 목욕하는데 어느 놈이야?

그 말을 들은 카메라맨이 벌벌 떨기 시작했다.

"저, 저기 저 녀석이 말을 하잖아. 너도 들었지?"

김 기자도 공포에 질려 있었다.

"내, 내가 잘못 들은 게 아니지?"

카메라맨이 낮은 목소리로 말했다.

"일단 미안하다고 빌어 보자. 말할 수 있다면 듣는 것도 가능할 거 아냐?"

요충들이 물에서 나와 그들 쪽으로 걸어오기 시작했다. 김 기자가 다급하게 소리쳤다.

"미안해요. 일부러 그런 게 아니라….'"

요충들이 멈춰 섰다.

"앗! 우리 말을 알아들은 건가 봐."

둘은 애써 밝은 표정을 지으며 큰 소리로 외쳤다.

"미안해요~, 미안하다고."

허나 요충이 다시금 간격을 좁혀 왔다.

"거 봐. 내가 뭐랬어. 기생충 따위한테 빌어 봤자 소용없다고 했잖아."

김 기자가 울상이 된 채 말했다.

– 뭐? 기생충 따위? 너희들 혼 좀 나야겠다.

음성변환기를 단 요충들이 빠른 걸음으로 다가왔다.

"튀어!"

카메라맨이 카메라를 들고 냅다 뛰기 시작했다. 김 기자도 가방을 짊어지고 카메라맨의 뒤를 쫓았다. 요충들은 뱀처럼 기어서 둘을 쫓았다. 김 기자가 뒤를 보니 속도가 장난이 아니었다. 더 속도를 내려는데 엉덩이에 타는 듯한 고통이 찾아왔다.

"아악! 내 엉덩이!"

앞서 가던 카메라맨이 잠시 멈추는 듯하더니 다시 속도를 냈다.

"김 기자, 빨리 와! 여기 건물이 있어."

카메라맨이 먼저 건물 안으로 들어갔고, 엉덩이를 물린 김 기자는 다리를 절룩거리며 따라 들어갔다. 김 기자는 들어가자마자 문을 잠갔다. 요충들이 머리로 문을 두들기는 소리가 났다.

"휴, 하마터면 큰일 날 뻔했다. 그나저나 이제 어떻게 나가지?"

카메라맨의 말에 김 기자가 대꾸했다.

"걱정하지 마. 기생충들은 끈기가 없는 애들이야. 한 30분 있으면 다 까먹고 원래 있던 자리로 갈걸? 그 동안 아까 다친 엉덩이나 치료해야지. 아이고 쑤셔라."

카메라맨이 걱정스러운 듯이 물었다.

"그나저나, 너 아까 들었어? 기생충이 말하는 거?"

김 기자가 고개를 끄덕였다.

"나, 좀 겁이 나. 여기 있는 기생충들이 저 체격에 지능도 높다면, 그놈들이 인간을 본격적으로 공격하기라도 하면 그걸 누가 막지?"

하지만 김 기자는 카메라맨의 말을 듣고 있지 않았다. 그가 절뚝거리며 간 곳은 '냉동창고'라고 쓰여 있는 곳이었다.

"야야, 여기 좀 봐. 여기 뭔가 있어 보이지 않아?"

김 기자 때문에 요충한테 쫓긴 카메라맨은 별반 내키지 않았다.

"있어 보이기는. 보려면 너 혼자 봐."

"그래. 거기 좀 있어 봐."

김 기자는 냉동창고의 손잡이를 돌렸다. 그러고는 "꺄악" 하고 소리를 질렀다.

떠든 사람 나와!

"아이쿠!"

십이지장충에게 물린 노빈손과 장미래는 구내식당에 내동댕이 쳐졌다.

둘러보니 백 명 가까운 사람들이 앉아 있고, 그 주위를 기생충들이 왔다 갔다 하고 있었다. 대충 헤아려 본 결과 편충이 3마리, 갈고리촌충이 1마리, 십이지장충 1마리, 스파르가눔이 3마리였다. 특히 길이가 10미터에 달하는 갈고리촌충은 이마 쪽에 26개의 갈고리가 장착돼 있는데, 보는 것만으로도 위압감이 느껴졌다.

"안 되겠어. 경찰에 신고를 해야겠어."

장미래가 휴대폰을 꺼내자마자 편충이 달려와 채찍으로 휴대폰을 낚아챘다. 편충의 음성변환기에 빨갛게 불이 들어왔다.

－함부로 외부와 연락하면 가만두지 않겠다.

자리에 앉은 노빈손은 서민 박사를 만나려면 일단 이곳을 빠져
나가야겠다고 생각했다. 뒤를 보니 20대로 보이는 남자가 코를 후
비고 있었다. 노빈손이 그에게 인사했다.

"저는 노빈손이라고 합니다. 코 파시는 데 방해해서 죄송한데,
조용히 드릴 말씀이 있습니다."

코를 후비던 남자의 손가락이 정지했다.

"흥, 코는 나중에 파죠. 뭡니까, 용건이?"

남자는 자신의 이름을 철수라고 했다. 하는 일마다 안 돼서 기생

충을 보면서 힐링을 하려고 파라지파크에 왔다고 했다.

"당신의 이 소중한 손가락!"

노빈손은 철수의 손가락을 붙잡으며 말했다.

"이 손가락을 좀 더 의미 있는 일에 쓰면 어떨까요? 예를 들어 저기 서 있는 기생충을 공격하는 일 말입니다."

철수의 눈에 눈물이 맺혔다.

"내 손가락을 따뜻이 잡아 준 사람은 당신이 처음입니다. 당신의 뜻에 따르겠습니다."

철수가 흔쾌히 동의하자 노빈손이 다시 말했다.

"고맙습니다. 우리 둘 가지고는 안 될 것 같고, 제가 몇 명만 더 모아 볼게요."

노빈손이 둘러보니 근육질의 남자가 하품을 하고 있는데, 하품하는 자세가 장난이 아니었다. 노빈손은 앉은걸음으로 남자 앞으로 갔다.

노빈손이 물었다.

"무술을 연마하셨나요?"

근육질의 남자가 고개를 끄덕였다.

"그렇소. 내가 계룡산에서 황소의 뿔을 뽑은 무술한이오."

노빈손은 크게 기뻐했다.

"당신만 나서 준다면 저 기생충들을 충분히 물리칠 수 있어요.

미안하지만 당신이 제일 큰 광절열두조충과 갈고리촌충을 맡아 주세요."

무술한은 걱정 말라고 했다. 노빈손은 철수에겐 스파르가눔 3마리를 맡아 달라고 했다.

"크기는 크지만 뼈가 없고 흐느적거려서 오히려 싸우기 쉬울 겁니다. 저는 편충을 맡겠습니다."

노빈손이 손바닥을 내밀며 파이팅을 제안했다.

"자자, 우리 파이팅 한번 하고 공격합시다."

파이팅을 외치려는 찰나,

- 거기! 떠든 사람 누구야? 당장 앞으로 나와.

음성변환기를 단 편충이 화가 난 얼굴로 그들 앞에 섰다. 노빈손과 무술한은 잽싸게 고개를 숙였다. 허나 당황한 철수는 빤히 편충을 올려다 보았다. 편충은 눈을 부라리며 철수를 지목했다.

"너 나오란 말이야!"

철수가 억울하단 표정으로 노빈손을 쳐다보고만 있자 편충이 채찍을 뻗어 철수의 귀를 잡아당겼다.

"빨리 안 나와!"

"아야! 아야야! 철수 죽네!"

결국 철수는 앞으로 나가서 무릎을 꿇고 앉아 있는 신세가 되었다. 편충의 목소리가 들렸다.

- 이제부터 말 한마디라도 하면 가만두지 않겠어!

김 기자의 횡재

"이봐, 이리 좀 와 봐. 우리 이제 돈방석에 오른 거야."

냉동창고 문을 연 김 기자는 흥분에 겨운 목소리로 카메라맨을
불렀다.

"도대체 또 뭘 가지고 그래?"

볼멘소리를 하던 카메라맨도 막상 냉동창고 앞에 서니 할 말을
잃은 듯했다.

"저, 저게 다 알이란 말이야? 그것도 기생충의 알?"

그들 앞에는 냉동실에서 꺼낸 알들 수십 개가 해동되고 있었다.
제정신으로 돌아온 김 기자와 카메라맨은 서로 껴안고 만세를 불
렀다.

"우린 이제 돈방석에 올랐어! 해냈다고!"

김 기자는 가방을 열고 알들을 가득 채워 넣었다. 카메라맨도 자
신의 옷가지를 다 버리고 가방 안에 알을 욱여넣었다.

"자, 이제 그만 나가자. 설마, 요충이 아직도 지키고 있을까?"

"설마. 기생충은 끈기가 없는 생물체라니까."

김 기자의 장담대로 출입문 밖에는 요충이 없었다. 둘은 가방을 둘러메고 냅다 뛰기 시작했다.

히잉—.

저 여자입니다.
아까 외부에서
침입한 여자가

너, 로빈슨 박사한테서 뺏은
USB를 네가 갖고 있냐?

USB라뇨?

전 그런 거
모르는데요.

네가 뒤져 봐!

예!

파라오 작전 개시

파라육으로부터 USB를 부쳤다는 보고를 받은 파라오는 드디어 계획을 시행할 때가 왔다고 생각했다. 그 USB는 슈퍼 구충제의 제조법이 아니라, 철수가 아끼는 걸그룹의 동영상이 담긴 USB란 사실은 까맣게 모르는 채.

파라오는 음성변환기를 기생충 전용 주파수로 맞춘 뒤 명령을 내렸다.

- 이제 때가 왔다. 파라오 작전을 시작한다!

기생충들은 파라오가 지시했던 대로 관리인과 경비원 등 공원에서 근무하는 직원들을 붙잡아 건물 안에 가뒀다. 몇몇 기생충들은 냉동창고로 들어가 편충 알 수백 개를 해동기에 넣었고 6시간에 맞춰진 타이머가 째깍째깍 소리를 내면서 돌아가기 시작했다.

구내식당에서 인질들을 지키던 기생충들에게도 파라오의 지시가 떨어졌다. 음성변환기를 장착한 편충이 인질들을 보면서 말했다.

- 자자, 이제 그만 일어나. 드디어 우리가 기다리던 시간이 돌아왔어.

엎드려 있던 인질들은 자리에 앉아 굳은 몸을 풀었다.

"아이고 힘들어. 죽는 줄 알았네."

"팔도 쑤시고 다리도 아파 죽겠어."

"근데 뭘 하려고 저러지? 왠지 불안해지는데."

잠시 후, 식당 문이 열리며 거대한 편충 한 마리가 들어왔다. 파라육도 크기는 컸지만, 존재감이 이번 것과 비교가 되지 않았다. 식당 안에 있던 기생충들이 이 거대한 편충을 보고 일제히 머리를 조아렸다. 그 뒤로 마 사장과 검은 옷을 입은 사내들이 우르르 따라 들어왔다. 한 아이가 외쳤다.

"앗! 저 아저씨는 마수라 사장이다. 아까 영상에서 봤어."

아이의 말을 듣고 보니 과연 그랬다.

"사장도 붙잡힌 건가?"

"설마, 사장이 기생충들과 한통속인 건 아니겠지?"

"근데 저 거대한 편충은 뭐야? 대장 같아 보이는데?"

파라오가 앞으로 나섰다. 넙치 얼굴의 사내가 커다란 카메라를 어깨에 멘 채 파라오 옆에 섰다.

– 에, 나로 말할 것 같으면 파라지파크의 지도자인 파라오 님이시다.

파라오가 말을 하다 말고 넙치 얼굴의 사내를 바라보았다.

– 찍고 있는 거지?

넙치 얼굴의 사내가 당황해서 대답을 못 하자 파라오의 채찍이 사내의 엉덩이에 작렬했다.

– 너 때문에 다시 해야 하잖아. 빨리 카메라 돌려!

사내가 카메라의 스위치를 작동시켰다.

– 음음음. 잘 들리나? 너희 인간들은 나쁜 놈들이다. 왜냐하면 우리

기생충 중에 가장 작은 기생충은 왜모자충입니다. 이건 무려 5마이크로미터밖에 안 돼요. 하지만 누구보다 맹렬하게 설사를 일으키게 하지요.

111

기생충들을 오랜 기간 괴롭혀 왔기 때문이다. 이제 너희가 우리에게 했
던 짓을 되돌려 주려고 한다. 우리는 너희 인간들의 몸을 이용해서 지구
를 정복할 것이다. 다음 장면을 봐 주기 바란다.

　십이지장충이 접시에 기생충의 알을 담아 파라오 앞으로 가져왔
다. 파라오가 눈을 게슴츠레하게 뜨고 인질들을 바라보다 무술한

을 가리켰다.

- 너! 앞으로 나와.

무술한은 별로 좋은 일이 아닐 것 같아 딴전을 피웠다.

- 뭐해! 나오라잖아!

순간 무술한의 얼굴에 편충의 채찍이 작렬했다.

- 너 말이다, 너!

십이지장충 두 마리가 무술한을 파라오 앞으로 끌고 나갔다.

"제발 살려 주세요. 시키는 대로 다 할게요."

파라오는 접시에 담긴 기생충의 알을 무술한에게 내밀었다.

- 자, 이걸 그냥 먹을래, 아니면 맞고 먹을래?

기생충의 알은 길이가 5센티미터가량이어서, 도저히 한 번에 먹을 수 있을 것 같지가 않았다. 무술한이 파라오를 보며 얼굴을 찡그리자, 파라오는 무술한의 목을 잡더니 강제로 입을 벌렸다. 그러고는 준비한 알을 무술한의 입에 넣었다. 신기하게도 알은 엿처럼 길게 늘어나더니 무술한의 목 안으로 기어들어갔다.

"우웨엑!"

무술한은 목을 부여잡고 데굴데굴 굴렀다. 그 광경을 본 다른 인질들은 사색이 되었다.

파라오가 넙치 사내를 보며 물었다.

- 찍었지?

넙치 사내는 무슨 영문인지 모르겠다는 듯 눈을 깜빡거렸다.

"이, 이것도 찍어야 하는 건가요?"

파라오의 채찍이 넙치 사내의 넓은 얼굴에 작렬했다.

– 내가….

짝!

– 방송사에….

짝!

– 보낸다고 모든 장면을 다 찍으라고 했지!

파라오는 분을 삭히지 못하고 옆에 있던 마 사장을 노려봤다.

– 좀 괜찮은 인간으로 보내 달랬더니, 겨우 저거냐, 엉?

마 사장이 머리를 조아렸다.

"죄송해요. 홍홍홍. 저도 저렇게까지 머리가 나쁠 줄은 몰~라서. 홍홍홍."

마 사장이 굽실거리자 관람객들 사이에서 웅성거림이 일었다.

"뭐야? 명색이 사장이란 사람이 기생충한테 꼼짝 못하잖아?"

"그러게 말이야. 홍보영상은 자기가 위인인 것처럼 찍어 놓고선."

"커억! 캑캑캑캑캑!"

바닥에 쓰러져 있던 무술한이 몸을 일으키더니 연방 구역질을 해 댔다. 어찌나 심하게 하는지, 금방이라도 숨이 넘어갈 듯 얼굴

114

기생충 연구는 어느 정도 기생충이 박멸된 뒤에 할 수 있어요. 우리나라의 기생충 연구도 기생충이 줄어든 1980년대부터 시작됐지요. 현재 기생충 연구가 가장 활발히 이루어지는 곳은 기생충이 창궐하는 아프리카가 아니라, 미국이나 유럽입니다.

이 새빨개졌다. 보다 못한 관람객 중 하나가 그에게 다가갔다.

"괜찮으세요? 제가 등이라도 두들겨 드릴까요?"

"우웨엑!~."

무술한의 입에서 뭔가가 꾸물꾸물 기어 나왔다.

"저, 저게 뭐야?"

"우웩! 나도 토 나올 거 같아."

지켜보던 사람들은 혐오스런 광경에 눈을 질끈 감아 버리는가 하면 헛구역질을 하기도 했다.

입에서 나온 것은 30센티미터 정도의 벌레로 몸 전체가 갈색이었다.

– 잠깐! 왜 색깔이 이렇지?

파라오가 바닥에 떨어진 벌레를 들어올렸다. 입 안에 3쌍의 이빨이 보였다. 파라오가 화난 얼굴로 십이지장충을 불렀다.

– 너 도대체 뭘 가져온 거야? 내가 해동 장치에 있는 편충 알을 가져오라고 했는데, 이게 뭐야?

십이지장충이 놀라서 입을 크게 벌렸다. 입 안에 3쌍의 이빨이 보였다.

– 죄송해요. 마침 저희 집사람이 오늘 알을 낳았기에, 겸사겸사해서 가져왔구먼요.

파라오가 고개를 들어 천장을 봤다.

- 내가 이런 작자들이랑 같이 지구를 정복해야 하다니, 걱정이다, 걱정!

새끼가 태어난 게 좋은지 십이지장충은 아랑곳 않고 유충을 안고 구석으로 갔다.

십이지장충을 내뱉은 무술한은 아직도 거친 숨을 몰아쉬고 있었다. 벌레를 뱉기 전과 달리 몸이 많이 수척해진 것 같았다.

- 너무 부러워하지 마라!

다시금 파라오의 목소리가 들렸다.

- 지금 냉동됐던 편충 알들이 무서운 속도로 해동되고 있다. 그 알들이 해동되면 너희들 모두 하나씩 맛보게 해 주마. 자, 누가 먼저 먹을래?

모두들 겁에 질린 채 뒤로 슬금슬금 물러났다. 파라오가 손짓을 하자 새끼를 안은 십이지장충이 상자 하나를 가져왔다.

- 맨 먼저 먹겠다는 인간이 없을 것 같아 내가 이 상자를 준비했지. 자, 하나씩 뽑아라. 거기 번호가 써 있는데, 그 번호 순서대로 너희들이 알을 먹을 거다.

인질들은 울며 겨자 먹기로 상자에 손을 넣고 쪽지 하나씩을 뽑았다. 뽑지 않으려는 자에겐 스파르가눔의 목 조르기 공격이 이어졌다.

뜻밖의 행운

"잠깐! 그대로 멈춰!"

김 기자가 먼저 잔디에 엎드리자 카메라맨도 그 옆에 나란히 엎드렸다. 기생충 몇 마리가 무리를 지어 지나가고 있었다. 카메라맨이 "휴" 하고 한숨을 쉬었다.

"하마터면 들킬 뻔했어. 그나저나 쟤들은 짐을 잔뜩 들고 어딜 가는 거지?"

기생충들은 커다란 짐수레를 끌고 가는 중이었고, 맨 뒤에 편충이 채찍을 휘날리며 따라가고 있었다. 그들이 시야에서 사라지자 둘은 몸을 일으켰다.

"이봐, 김 기자. 앞으로 얼마나 더 가야 정문이 나오는 거야? 가방에 알이 잔뜩 있으니까 걷기가 힘드네."

"그러게 말이야. 앗! 저게 뭐야?"

김 기자가 뭔가를 발견하고 소리를 질렀다.

"와, 저거 전기차 아냐? 여기서 이런 차를 보다니."

카메라맨이 신이 나서 전기차까지 한달음에 달려갔다. 뒤늦게 달려간 김 기자도 신이 났다.

"오오, 열쇠도 꽂혀 있어. 이걸로 가면 정문까지 금방 갈 거야."

카메라맨이 운전석에 오른 뒤 전원 버튼을 눌렀다. 경쾌한 소리와 함께 전원이 들어왔다. 카메라맨이 액셀러레이터를 밟자 차가 앞으로 나가기 시작했다.

노빈손, 탈출에 성공하다

"저, 부탁이 있습니다."

번호 추첨이 끝난 뒤 노빈손이 손을 들었다.

"화장실에 가야 하는데, 좀 보내 줄 수 없을까요? 제가 정말 급해서 그래요."

파라오가 노여움이 가득한 얼굴로 노빈손을 노려봤다.

- 머리카락도 없는 놈이 요구사항이 많구나. 그냥 아무 데나 싸라. 너희 인간들이 화장실을 이용한다고 문화인인 것처럼 구는 게 난 아주 마음에 안 들었다. 우리가 화장실 때문에 얼마나 고생한 줄 알기나 해?

노빈손이 따지듯 물었다.

"아니, 우리가 화장실에서 변을 싸는 게 댁들이 고생한 거랑 무슨 상관인가요?"

말을 마치자마자 파라오가 기다란 채찍으로 바닥을 내리쳤다.

- 무슨 상관이냐니! 너희 인간들은 우리에게 치명적인 수세식 변소를 개발했어. 너희는 아무 생각 없이 수세식 변소에서 변을 보고 둘을 내려

버리지? 그 변 안에 얼마나 많은 기생충의 알들이 들어 있는지 알아? 우리는 원래 하루에 2만 개가량의 알을 낳는데, 수세식 변소 때문에 그것들이 모두 세찬 물결에 휩쓸려 저 멀리 가 버리잖아! 입장을 바꿔 놓고 생각해 봐. 너희 같으면 좋겠어?

노빈손이 미안한 표정을 지었다.

"듣고 보니 그러네요. 하지만 그렇다고 제가 여기서 쌀 수는 없잖습니까? 좀 다녀오게 해 주세요, 네? 제발요~. 네? 네?"

거슬리는 목소리로 계속 졸라 대자 귀찮아진 파라오가 갈고리촌충을 불렀다.

– 알았어, 알았어. 다녀오게 해 주지. 이봐, 갈고리. 녀석이 다른 짓 못 하게 화장실까지 따라가서 감시해.

☆ ☆ ☆ ☆ ☆ ☆ ☆ ☆ ☆ ☆ ☆ ☆ ☆ ☆ ☆ ☆ ☆ ☆

"여기서 기다려 주세요. 설마, 화장실 안까지 들어올 건 아니죠?"

갈고리촌충이 멈칫하는 사이 노빈손은 잽싸게 화장실에 들어가 문을 잠갔다. 화장실에 온 본래의 목적을 달성한 뒤 노빈손은 주머니를 뒤졌다.

"파라지파크 온다고 선착장 약국에서 구충제를 사길 잘했지."

노빈손은 휴지통을 거꾸로 들어 그 안에 있던 휴지를 쏟아 버린

갈고리촌충은 갈고리 모양으로 생겨서 붙은 이름이 아니라, 머리에 갈고리가 26-30개 있어서 붙은 이름이랍니다

뒤 거기다 변기물을 받았다. 그리고 주머니에서 꺼낸 구충제를 휴지통 안에 넣어서 녹였다. 구충제 용액을 갈고리촌충에게 뿌릴 생각을 하며 한창 신나 있는데, 문 위로 갈고리가 둥글게 배열된 게 보였다.

"뭐지, 저건?"

자세히 보니 갈고리촌충이 화장실 문 위로 머리를 디밀고 자신을 노려보고 있었다.

"앗! 이런!"

자신의 계획이 탄로 났다고 생각한 노빈손은 일단 화장실 문을 발로 걷어찼다.

"끼오오…!"

의외의 일격에 문 앞에 있던 갈고리촌충이 나뒹굴었다. 그때를 놓치지 않고 노빈손은 휴지통에 있는 구충제 용액을 갈고리촌충에게 뿌렸다.

"끼끼까까까까꺄!"

갈고리촌충이 구슬픈 비명 소리를 냈다. 노빈손은 재빨리 화장실 바깥으로 뛰쳐나갔다. 바닥에 쓰러진 갈고리촌충은 금방 자리에서 일어나 노빈손을 향해 갈고리를 발사했다.

슉슉!

"아얏!"

갈고리 몇 개가 엉덩이에 꽂혔지만 노빈손은 고통을 참으며 내달렸다. 뒤에서 갈고리촌충이 분한 표정을 짓고 있었다.

김 기자, 여전히 쫓기다

카메라맨은 콧노래가 절로 나왔다.

"야, 이렇게 가니까 정말 편하네. 이럴 줄 알았으면 가방에 알 좀 더 담을 것을 그랬어."

신이 난 카메라맨의 어깨를 김 기자가 쳤다.

"근데 뭔가 좀 이상하지 않아? 이 차, 앞으로 나아가는 거 맞아?"

카메라맨도 비로소 깨달았다.

"정말 그러네. 아무리 액셀을 밟아도 제자리에서 맴도는 느낌이야."

김 기자가 차에서 내려 바퀴 쪽을 살폈다.

"아유, 이게 뭐야? 너도 잠깐 내려 봐."

카메라맨이 보니 바퀴에 쇠사슬이 묶여 있었다.

"어쩐지, 일이 너무 잘 풀린다 했다."

카메라맨이 푸념하자 김 기자가 아무 말 없이 손가락으로 카메라맨의 뒤쪽을 가리켰다.

"왜? 또 뭐가 있어?"

카메라맨이 뒤를 돌아보았다. 하얀 핀처럼 생긴 벌레 한 마리가 눈을 부릅뜨고 있었다. 이마에는 돌에 맞은 흔적이 있었다.

"으아악!"

카메라맨은 차에서 내려 정신없이 도망을 치기 시작했다.

"같이 가, 이 의리 없는 놈아!"

김 기자도 카메라맨의 뒤를 따랐다. 요충이 그 뒤를 쫓으면서 소리를 질렀다.

- 서라! 당장 서라고! 할 말이 있다니까!

노빈손, 서민 박사를 구해라

"으, 무진장 아프네."

노빈손은 엉덩이에 꽂힌 갈고리를 뽑았다. 끝에 피가 살짝 묻어 있는 것이, 생각보다 깊이 박힌 모양이었다.

"그나저나 서민 박사님을 찾아야 할 텐데….”

건물 이곳저곳을 뒤졌지만 서민 박사의 행방은 찾을 수 없었다.

"도대체 어디 계신 거야?"

지하 1층으로 내려간 노빈손은 검은 옷을 입은 사내가 철문 앞에 있는 의자에 앉아 꾸벅꾸벅 졸고 있는 광경을 봤다.

"혹시 저기가 아닐까?"

잠시 후, 편충으로 변장한 노빈손이 그 사내 앞에 섰다. 갑자기 편충이 나타나자 사내는 놀라서 자리에서 벌떡 일어났다. 노빈손은 최대한 편충의 목소리를 흉내 내며 말했다.

"파라오 님이 데리고 오라신다.”

"네? 파라오 님이요?”

사내는 반신반의했지만 주머니에서 열쇠를 꺼내 문을 열었다.

"나와.”

사내의 말에 안에 있던 사람이 밖으로 나왔다. 눈이 작은 것이 TV에서 보던 그대로였다. 서민 박사는 눈이 부신 듯 안 그래도 작은 눈을 더 가늘게 떴다. 노빈손은 서민 박사에게 다가가 팔을 잡았다.

"파라오 님이 부르신다. 나랑 같이 가자."

* * * * * * * * * * * * * * * * * *

- 뭐야? 그 녀석을 놓쳤다고?

구내식당. 호통을 치는 파라오 앞에 갈고리촌충이 고개를 푹 숙이고 있었다. 몸이 긴 놈이 풀이 죽어 있는 모습을 보니 더 화가 났다.

- 이런 바보 같은 놈! 그거 하나를 못 지켜?

파라오가 갈고리촌충의 따귀를 사정없이 때렸다. 때리는 와중에 파라오는 생각했다.

'그 민머리 놈, 가만 놔두지 않을 거야!'

USB의 비밀

노빈손은 서민 박사에게 자초지종을 설명하고 있었다.

"인질로 잡힌 사람이 백 명이 넘는다니, 무리하게 공원 문을 연게 잘못이야. 어서 새 구충제를 만들어 기생충들에게 반격을 가해야지."

그렇게 말하는 서민 박사의 표정은 씁쓸해 보였다.

"아깝지 않으세요? 오랜 기간 공을 들여 만들어 낸 작품들인데."

서민 박사는 단호한 눈빛으로 노빈손을 바라보았다.

"왜 아니겠나? 그들은 어쨌든 내 자식이나 다름없는데. 하지만 기생충이 아무리 소중해도 인간을 위협한다면 그건 죽어 마땅하지."

"한데 회충들은 이 반란에 가담할 뜻이 없어 보였어요."

서민 박사가 노빈손의 말에 고개를 끄덕였다.

"나 역시 회충들이 편충들에게 당하고 있는 걸 알고 있네. 그래, 모든 기생충을 다 없앨 필요는 없겠지. 하지만 아무리 협박을 받았다고 해도, 사람을 두들겨 팬 기생충은 용서할 수 없지. 관람객들의 증언과 CCTV 등을 참고해 대대적인 조사를 할 생각이야. 그나저나 지금 당장 구충제를 만들어 인질들을 구해야겠지. 그래, 로빈손 박사로부터 받은 USB는 어디 있나?"

노빈손이 컴퓨터에 USB를 꽂았다.

"아까부터 궁금했는데 말이지. 로빈손 박사는 원래 의심이 많은 사람인데, 어떻게 자네에게 순순히 USB를 넘겼지?"

노빈손이 엷은 미소를 띠었다.

"사실 순순히 주신 건 아닙니다."

노빈손은 침을 한번 꿀꺽 삼켰다.

"로빈손 박사님이 쓰러진 것을 보고 누군가의 공격을 받았다는 걸 알았죠. 그리고 그가 노리는 것이 USB라는 것도요. 그래서 USB를 찾아야겠다고 생각했습니다."

서민 박사의 작은 눈이 호기심에 반짝 빛났다.

"그래서? 그래서 어떻게 했나? 주머니를 뒤졌나?"

"으음~, 아니오. 거긴 너무 뻔하잖아요."

서민 박사가 궁금해 안달복달하자 노빈손은 살짝 신이 났다.

"제가 로빈손 박사를 처음 봤을 때 앞니 하나가 깨져 있더라구요."

"그래서, 그래서?"

"그런데 로빈손 박사가 쓰러지고 난 뒤 보니까 입이 조금 벌어져 있는데 깨진 치아가 없이 다 제대로 있는 거예요. 이 얘기가 의미하는 바는 뭐냐? 아마도 USB는 치아 모양일 것이고, 로빈손 박사는 화장실에서 치아 모양의 USB를 자신의 깨진 치아 위에다 씌웠다는 거죠."

서민 박사는 감탄해 마지않았다.

"정말 놀라운 관찰력이군."

"저, 여기 암호가 걸려 있는데요?"

서민 박사가 이맛살을 찌푸렸다.

멧돼지가 먹고 걸리는 기생충을 연구하기 위해 멧돼지들을 살핀 적이 있었어요. 총 120여 마리의 근육을 가져다가 현미경으로 일일이 검사해 기생충이 있는지 없는지를 확인했습니다. 이런 게 바로 기생충 연구입니다.

"당연히 그렇겠지. 중요한 USB니 굉장히 어렵게 설정해 놨을 거야. 파라지파크로 해 보겠나? P, A, R, A…."

파일은 열리지 않았다.

"그럼 로빈손으로 한번 해 보게. R-O-B-I-N-S-O-N."

역시 파일은 열리지 않았다. 서민 박사가 손바닥으로 자기 이마를 쳤다.

"아, 맞아. 이걸 만든 사람이 스톨이었지! S-T-O-L-L."

"박사님, 그것도 안 되는데요?"

서민 박사의 이마에서 땀이 나기 시작했다.

"어쩌지. 시간이 없는데. 아, 그래. 스톨 박사의 부인 이름이 제시카야. J-E-S-S-I-C-A."

그것마저 열리지 않자 노빈손이 말했다.

"박사님, 혹시 서민 박사님 이름으로 해 놓지 않았을까요? 이 USB가 서민 박사님께 전달될 거잖아요."

서민 박사는 고개를 저었다.

"스톨 박사는 내가 잘 알아. 그렇게 쉽게 해 놓진 않았을 거야. 스톨 박사의 아들 이름이 뭐더라. 샘이던가?"

그때 노빈손이 외쳤다.

"박사님, 열렸습니다! 암호가 서민 맞아요. 근데 영어가 아니라 한글로 서민이네요. 허를 찌르는 암호인데요?"

"쳇!"

입을 삐죽이며 파일 내용을 훑어보던 서민 박사가 앗, 하고 소리 쳤다.

"이런, 이런, 구충제 시약 목록에 보면 불소가 꼭 들어가야 하는 데, 시약 보관소엔 불소가 없어."

노빈손이 화들짝 놀랐다.

"그럼 구충제를 못 만드는 거예요?"

서민 박사가 한숨을 쉬었다.

"이게 우연의 일치는 아닌 것 같아. 얼마 전까지만 해도 불소가 많이 있었거든. 불소는 구충제에 필수적으로 들어가는 성분이니까 놈들이 의도적으로 없앤 것 같아…. 아, 맞다!"

서민 박사가 시약병들이 놓여 있는 선반에 가서 병 하나를 꺼내 왔다. '불소'라고 적혀 있었다.

"다행히 저번에 불소를 쓰고 제자리에 갖다 놓질 않았어. 문제 는 양이 얼마 안 된다는…."

서민 박사가 남아 있는 불소의 양을 측정했다.

"이거면 기껏해야 열 마리 정도 죽일 양밖에 나오지 않겠어."

노빈손이 물었다.

"파라지파크에 기생충이 몇 마리나 있죠?"

서민 박사가 걱정스러운 얼굴로 대답했다.

"총 18종에 113마리가 있지. 문제는 그중 몇 마리가 나쁜 기생충인가겠지."

인질 구출 대작전

노빈손이 탈출하고 난 뒤 기생충들의 탄압이 심해졌다.

"저, 화장실 좀 다녀오면 안 될까요?"

인질 한 명이 그렇게 말했다가 먼지 나게 맞았다. 그래도 화장실에 가게 해 달라는 요구가 끊이질 않자 기생충들은 국을 담는 데 쓰는 커다란 통을 갖다 준 뒤 인질들에게 말했다.

- 앞으로는 대변이든 소변이든 여기다 싸라. 우리 눈앞을 벗어나는 자는 용서하지 않겠다.

인질 중 한 명이 손을 들었다.

"대변과 소변은 구분 안 해도 상관없지만, 최소한 남녀는 구분해야지 않습니까? 그래도 우리가 동방예의지국인데."

결국 기생충들은 밥을 담던 통을 하나 더 갖다 줬다.

장미래는 죽을 맛이었다. 소변을 본 지 7시간도 더 지난 터라 더 이상 참을 수가 없었다. 소변을 잘 참는 자세로 앉아 있어 봤지만 그래 봤자 잠깐이었다.

"으, 죽겠다. 으으….."

얼굴이 누렇게 뜬 장미래는 방광의 압박을 이겨 내 보려고 옆에 있는 남자를 마구 때리기 시작했다.

"아니 뭡니까, 지금?"

하지만 장미래의 무서운 표정을 본 남자는 아무 말도 하지 못했다.

문이 열리고 편충 한 마리가 들어왔다. 인질 한 명이 조그만 목소리로 말했다.

"저 편충은 뭔가 좀 이상하게 생겼네요."

사람들의 시선이 편충에게 향했다. 확실히 이상했다. 채찍 부분은 힘이 없이 축 늘어진 듯했고, 몸통 부분도 다른 편충들처럼 매끈하지 않고 울퉁불퉁했다. 덩치도 다른 편충들보다 훨씬 작았다. 경비를 서던 십이지장충이 다가와 편충을 위아래로 훑어보았다.

- 넌 뭐냐?

퍽! 퍽!

대답 대신 편충은 인질들 앞으로 다가가 몇 명을 때렸다.

난데없는 채찍질에 인질들이 비명을 지르자 기생충들은 고개를 갸웃거렸다.

- 뭐야? 우리 편인가 보네?

- 성질은 아주 더럽구만.

인질들을 때리던 편충이
장미래 앞에 멈춰 섰다.

"장미래, 나야 나. 노빈손."

얼굴을 찡그린 채 몸을 뒤틀고
있던 장미래가 화들짝 놀
라 고개를 들었다.

"노빈손?"

"쉿, 조용히 해. 기생충들이 들으면 작전에 차질이 생겨."

노빈손은 나지막이 속삭인 후, 구내식당 내부를 훑어보았다. 편
충들은 자기들끼리 침을 튀기며 뭔가 얘기를 하고 있었는데, 자세
히 들어 보니 점심 메뉴를 뭘로 할지 정하는 것 같았다. 십이지장
충은 다소곳이 앉아 있었고, 갈고리촌충은 구석에 엎드린 채 씩씩
거리고 있었다. 스파르가눔은 마치 영국 버킹엄궁의 보초들처럼
차렷 자세로 인질들을 노려보는 중이었다.

"저놈들부터 해결해야겠어."

노빈손은 새총을 들고 먼저 스파르
가눔을 겨눴다. 알약이 많지 않아서
단 한 번에 명중시켜야 했다. 노빈손
은 눈을 감고 십 년 전을 떠올렸다. 새
총을 워낙 잘 쏴서 '새총왕'이란 별명

을 가졌던 그 시절을.

슝~!

발사되는 순간 이미 명중했다는 느낌이 들었다. 바람을 가르는
소리와 함께 슈퍼 구충제 한 알이 스파르가눔의 가슴을 정통으로
때렸다.

- 으~악~!

슈퍼 구충제의 효과는 실로 대단했다. 디스토마 약인 프라지콴

텔에도 죽지 않던 스파르가눔이, 슈퍼 구충제가 몸에 닿고 난 뒤 몇 초가 지나지 않아 산산이 분해되고 만 것이다.

의외의 사태에 기생충들이 당황하기 시작했다. 편충 한 마리가 소리쳤다.

— 쟤 갑자기! 왜 저래? 무슨 일이야?

다시금 슝 소리가 나면서 또 한 마리의 스파르가눔이 쓰러졌다. 기생충들은 탄환이 날아온 방향을 가늠하고 인질들 쪽을 바라봤다. 노빈손은 인질들 사이에서 빠져나온 뒤 편충을 향해 다시 알약을 쏘았다.

— 우웨억~.

편충 한 마리가 외마디 비명을 지르며 고꾸라졌다.

— 저 놈이야! 손에 새총이 있어!

또 다른 편충이 노빈손을 가리켰다. 그러자 십이지장충들이 맹렬한 속도로 노빈손을 향해 달려왔다. 노빈손은 재빠르게 그들에게도 알약을 쏘았다. 십이지장충 두 마리가 비명을 지르며 바닥에 나뒹굴었다. 슈퍼 구충제의 위력을 목격한 기생충들은 혼비백산해서는 문 쪽으로 도망치기 시작했다.

노빈손은 달아나는 기생충들의 뒤통수를 향해 새총을 겨누었다.

"위험해!"

구충제가 기생충의 몸에만 닿아도 죽는 게 아니라 실제로는 구충제를 먹어야 죽습니다. 하지만 기생충은 인간이 먹는 거라면 뭐든지 먹기 때문에, 구충제를 먹이는 것은 어렵지 않습니다.

다급한 외침이 노빈손의 귓등을 때렸다. 노빈손이 뒤를 돌아보니 철수가 바닥에 쓰러져 있었다. 등엔 갈고리 일곱 개가 북두칠성 모양으로 박혀 있었다.

"철수 씨, 괜찮아요? 나 대신 이 갈고리를 맞아 준 거예요? 나를 위해서 이렇게까지…?"

노빈손이 놀라서 묻자 철수가 고통스러운 표정으로 반대쪽을 가리켰다.

"저 여자가… 저 여자가 날 밀었어."

말을 마치자마자 철수는 고개를 떨어뜨렸다. 철수가 가리킨 쪽을 보니 장미래가 당황한 표정으로 손을 내젓고 있었다.

"밀려고 민 게 아니라…."

잠시 한눈판 사이 피융~ 소리와 함께 갈고리 몇 개가 더 날아왔다. 노빈손은 황급히 몸을 피하면서 슈퍼 구충제 한 알을 갈고리촌충에게 날렸다. 구충제는 갈고리촌충의 앞가슴에 정확히 명중했다.

갈고리촌충은 알약이 잘게 부서져 온몸에 퍼지는 것을 느꼈다. 길이 20미터에 달하는 몸의 마디가 하나하나 분해되고 있었다. 어느새 갈고리촌충은 형체도 알아볼 수 없게 변해 버렸다.

노빈손은 편충 변장을 벗고 철수에게 달려갔다.

"이봐요, 철수 씨. 정신 차려요!"

철수가 희미하게 눈을 뜬 뒤 노빈손을 봤다.

"너희 둘, 이따 보자."

철수는 억지로 몸을 일으켰다. 옆에 있던 남자가 그를 부축했다.

감시하는 기생충들이 없어지자 인질들은 자리에서 일어났다. 벌써 문 쪽으로 달려 나가는 사람들도 있었다. 노빈손은 그들을 제지했다.

"잠깐만 제 말을 들어 보세요. 아직 파라오도 남아 있고, 그밖에 다른 기생충들도 얼마나 더 있을지 모릅니다. 특히 정문 쪽에는…."

하지만 노빈손의 말을 듣는 이는 아무도 없었고, 모두들 노빈손을 지나쳐서 문을 열고 밖으로 뛰쳐나갔다. 누군가가 소리쳤다.

"정문으로 나갑시다!"

사람들은 건물 밖으로 나가 정문 쪽으로 달리기 시작했다. 노빈손도 무술한을 부축하며 사람들의 뒤를 따랐다.

✳ ✳ ✳ ✳ ✳ ✳ ✳ ✳ ✳ ✳ ✳ ✳ ✳ ✳ ✳ ✳ ✳ ✳

- 이런 젠장!

CCTV를 보던 파라오가 책상에 있던 물건들을 채찍으로 내동댕이쳤다.

- 어떻게 슈퍼 구충제를 만들었지? 제조법이 담긴 USB를 없앴다고 했잖아?

"그, 그게 저도 잘…. 흥흥흥."

얼굴이 붉으락푸르락 달아오른 파라오가 소리쳤다.

- 당장 실험실 CCTV를 확인해 봐! 당장!

마 사장은 김 비서를 불러 서민 박사의 실험실 CCTV를 틀었다.

- 더 뒤로, 더 뒤로 돌려 봐. 그래, 거기서부터 틀어.

파라오는 얼굴을 찡그린 채 CCTV 화면을 보기 시작했다.

- 잠깐. 거기서 정지해. 화면 좀 확대해 봐. …USB가 저 녀석에게 있었군.

한참 동안 화면을 바라보던 파라오의 얼굴이 다시 펴졌다.

- 흥, 그렇군. 이제부터가 중요하겠어.

 철수의 거듭된 불운

정문을 향해 걸은 지 5분도 안 되어 무리의 앞에서 갑자기 소란이 일었다. 어디서 나타났는지 십이지장충 한 마리가 누런 이를 드러내며 일행의 앞을 막아선 것이다. 십이지장충은 누런 이로 한 남자를 덥석 물더니 이리저리 흔들며 포효하기 시작했다.

"꺄악!"

"사람 살려!"

겁에 질린 사람들이 비명을 지르며 뒷걸음질치다가 뒷사람들과 엉켜 넘어지고 자빠지는 통에 대열은 온통 아수라장이 되었다.

"맛 좀 봐라, 이 나쁜 기생충아!"

슈웅~!

노빈손이 쏜 알약 한 알이 허공을 가르고 십이지장충의 이마를 강타했다. 놀란 십이지장충은 순간적으로 입을 벌렸고, 그 바람에 입에 물고 있던 남자가 바닥에 쿵 하고 떨어졌다. 남자는 철수였다. 노빈손은 멀리서 소리쳤다.

"철수 씨, 괜찮아요?"

철수는 노빈손을 보면서 억지로 미소를 지었다.

"으으으으… 당신이… 내 목숨을 구해 줬군요."

하지만 그 미소는 오래가지 못했다. 다른 십이지장충이 또다시 철수를 물어 올렸기 때문이다. 십이지장충은 철수를 물고 고개를 좌우로 흔들며 동료가 죽은 것에 대한 분노를 표출했다.

슈웅~!

노빈손의 여덟 번째 알약이 십이지장충의 가슴에 명중했다. 십이지장충이 죽으면서 철수는 다시 한 번 바닥에 나동그라졌다. 노빈손이 철수에게 소리쳤다.

"철수 씨, 괜찮으세요?"

철수가 허리를 부여잡으며 노빈손을 보고 애써 웃어 보였다.

"으윽, 당신이 또 내 목숨을 구해 줬….'

이번에도 그 웃음은 오래가지 못했다. 또 다른 십이지장충이 나타나 철수에게 다가가고 있었으니까. 철수가 엎드린 채로 노빈손에게 다급하게 소리쳤다.

"뭐해욧, 빨리 안 쏘고! 어서 쏘라구요!"

노빈손의 아홉 번째 총알이 또다시 십이지장충에게 명중했다. 십이지장충은 구슬픈 비명을 지르며 뒤로 물러났다. 그런데 이번엔 뭔가 이상했다. 십이지장충이 죽지 않고 그대로 서 있는 것이 아닌가.

"어? 쟤 왜 안 죽어?"

"벌써 구충제에 내성이 생긴 건가?"

기생충과 관람객 모두 어리둥절해 있는 사이, 철수는 쑤시는 허리를 부여잡은 채 엉금엉금 기어서 관람객들 쪽으로 왔다. 노빈손이 또다시 총알을 장전하고 겨누자 그제야 십이지장충이 헐레벌떡 도망쳤다. 철수가 물었다.

"아니 저 기생충은 왜 안 죽는 거죠? 분명히 명중했잖아요?"

노빈손이 조용히 속삭였다.

"그건 가짜 알약이었어요."

철수가 소스라치게 놀랐다.

"가짜라니요?"

노빈손이 다시 속삭였다.

"사실은 이번에 만든 구충제가 열 개밖에 안 돼요. 지금 벌써 여덟 개를 썼으니, 이제 남은 것은 두 개뿐이잖아요. 이것들은 결정적일 때 써야 해요. 파라오도 아직 살아 있고요."

"아니, 내가 죽을 뻔했는데….."

철수는 조금 어이없었지만 노빈손에게 손을 내밀며 악수를 청했다.

"어쨌든 내 목숨을 두 번이나 구해 줬으니, 이전의 원한은 다 잊겠소. 나, 쿨한 사람이오."

빨랑 이쪽으로 떨어욧

 깨어난 사장

마 사장은 파라오에게 혼나서 침울해 있던 차였다. 그때 사장실
문이 열렸다.

"어머, 홍홍홍, 당신이 여긴 웬일이야, 홍홍? 지하실에 가둬 두라
고 했는데, 홍홍홍."

들어온 사람은 뜻밖에도 서민 박사였다. 마 사장이 사내들을 부
르려고 인터폰을 누르려 하자 서민 박사가 잽싸게 마 사장의 손을
붙잡았다.

"잠깐 제 말을 들어 보세요. 당신은 기생충한테 조종을 당하고

141

있어요. 사람의 뇌를 조종하는 톡소포자충한테요. 말씀하실 때 자꾸 홍홍홍, 이러는 걸 보면 틀림없습니다."

"쳇, 말도 안 되는 소리! 홍홍홍."

마 사장이 일갈하고 다시금 인터폰을 누르려는데, 서민 박사가 이번엔 팔을 붙잡고 뒤로 꺾었다. 연구하는 틈틈이 운동한 보람이 있었다. 마 사장이 고통에 겨워 다른 손으로 책상을 내리쳤다.

"아아아아, 아파 죽겠다고. 살살 좀 해. 홍홍."

"그래서 제가 약을 하나 가져왔습니다. 아직 승인된 약은 아닙니다만, 스피라마이신이란 약입니다. 사장님 같은 중세를 보이는 분한테 딱입니다."

서민 박사는 마 사장의 목을 손으로 잡고 강제로 입을 벌렸다.

"하, 하지 마…. 홍홍홍."

마 사장은 완강히 저항했지만, 서민 박사의 완력을 당할 수는 없었다. 약을 먹은 지 2분이 지나니 마 사장의 몸부림이 약해졌다.

"으음…."

마 사장의 정신이 돌아오는 듯하자 서민 박사가 결박을 풀어 줬다.

"마 사장님, 괜찮으세요?"

마 사장은 띵한 머리를 움켜쥐며 미간을 잔뜩 찌푸렸다.

"서민 박사, 내게 그 동안 무슨 일이 있었던 게요?"

스피라마이신이라는 항생제는 톡소포자충에도 듣는다고 알려져 잠시 화제를 모았지만, 실제로 써 보니 효과가 그리 좋지 않아서 실제로 쓰는 경우는 드물어요.

마 사장의 말투가 원래대로 돌아온 걸 확인한 서민 박사는 안도의 한숨을 내쉬었다. 서민 박사는 마 사장에게 그간 있었던 일을 이야기해 주었다. 다 듣고 나자 마 사장은 고개를 떨구었다.

"이제라도 제자리로 돌리고 싶소. 혹시 내가 할 수 있는 일이 있겠소?"

"네, 있습니다. 일단 부하들을 불러 주세요."

마 사장의 얼굴이 환해졌다.

"아, 그런 거라면 뭐 어려울 것도 없겠소. 또 다른 건 없소?"

"관람객들의 안전을 위해서 일단 경찰에 신고를 좀 해 주세요. 기생충들이 전화선을 다 끊어 놓은 데다, 휴대폰이란 휴대폰은 모조리 빼앗아 갔거든요."

한밤중에 걸려 온 장난 전화

"여보세요."

파출소에서 당직을 서던 의경은 잠결에 전화를 받았다.

"뭐라고요? 기생충이 나왔다고요? 그걸 왜 여기로 전화합니까, 병원에다 연락해야지."

의경이 전화를 끊자 다시 전화벨이 울렸다.

"뭐라고요? 기생충이 사람을 공격한다고요? 지금 장난합니까? 안 그래도 바빠 죽겠는데, 전화 끊습니다."

전화벨은 또다시 울렸다.

"아니 당신, 자꾸 이러면 신고할 거야! 뭐? 파라지파크 사장 마수라 씨? 당신이? 아, 안녕하세요. 아니 거기서 기생충들이 인질극을 벌인다고요? 그게 정말입니까? 대~박."

의경은 잠이 확 깼다.

"알겠습니다. 곧 출동하겠습니다."

의경은 김 순경에게 전화를 걸었다.

"뭐라고? 기생충들이 사람을 공격해…? 히익."

의경이 물었다.

"저… 언제쯤 출동하실 건가요?"

자다 일어난 김 순경이 버럭 화를 냈다.

"야, 홍합도에 경찰이라곤 나랑 너랑 둘인데, 출동을 해서 뭐해? 여수에다 연락해서 당장 지원 요청해."

전화를 끊은 의경은 여수경찰서에 전화를 걸었다.

"기생충들이 공격을 해서… 네? 배가 끊겨서 내일 아침에나 올 수 있다고요. 안 되는데. 지금 무지 급한데. 혹시 모터보트 같은 거 타고 오시면 안 될까요? 네, 모터보트가 없다고요. 그럼 나룻배라도 안 될까요? 사정이 너무 급하다니까요."

발목을 노리는 메디나충

"이제 조금만 가면 정문이야."

건물을 나와 십여 분 정도 걷다 보니 정문이 보였다. 저곳만 지나면 집에 갈 수 있겠다 싶어 발이 빨라지려는 찰나, 맨 앞에서 가던 남자가 쓰러졌다. 관람객들이 무슨 일인가 싶어 그를 둘러싸자 남자가 손가락으로 앞을 가리켰다.

"으, 저 녀석이 내 발목을 때렸어."

앞을 보니 2미터에 달하는 가느다란 기생충 다섯 마리가 똬리를 틀고 있었다.

"아악!"

또 한 사람이 복사뼈를 강타당한 채 쓰러졌다. 놀란 사람들은 슬금슬금 뒤로 물러났다. 노빈손이 책에서 봤던 그 녀석이었다.

"저, 저건 메디나충…?"

장미래가 맞장구를 쳤다.

"그래, 메디나충이야."

옆에 있던 철수가 물었다.

"근데 왜 하필 발목만 때리지요?"

장미래가 대답했다.

"저 녀석은 사람 몸속에 살지만, 물에서만 새끼를 낳습니다."

메디나충은 물에 새끼를 낳기 때문에 어떻게 하든 물과 접촉하려고 애씁니다. 그래서 숙주인 사람(포유류)의 발을 뜨겁게 만들어 사람이 물에다 발을 담그도록 만들어요. 자유 생활을 하는 메디나충이라면 물가로 끌고 가려고 발목을 공격하지 않을까요?

철수가 다시 물었다.

"그거랑 발목 때리는 게 대체 무슨 상관입니까?"

"그게 다 기생 생활을 하던 시절의 습관 때문이랍니다. 나중에 따로 공부하시고, 지금은 일단 피해야죠!"

휘이~익!

"으악!"

메디나충이 또 한 사람의 발목을 후려쳤다. 사람들은 오도가도 못한 채 우왕좌왕하며 노빈손에게 소리쳤다.

"저기, 왜 그 새총 안 쏘는 겁니까? 빨리 저놈들을 물리쳐야 우리가 나갈 수 있죠."

노빈손이 난처한 표정을 짓자 장미래가 대신 대답했다.

"그 알약 말이에요, 얼마 안 남았대요."

사람들의 얼굴이 분노로 일그러졌다.

"그럼 진작 말하지, 왜 지금 말합니까?"

"당신 하나만 믿고 있다가 우리 다 죽을 뻔했잖소."

노빈손은 황당했다.

"아니, 이게 내 탓인가요? 불소 탓이지."

사람들은 노빈손 얘기를 듣는 둥 마는 둥하며 메디나충을 피해 반대편으로 도망가기 시작했다. 메디나충은 조금 쫓는 척하더니 다시 정문 쪽으로 돌아가 똬리를 틀었다.

요충의 본심

한참을 달린 김 기자와 카메라맨은 벤치에 나란히 앉은 채 가쁜
숨을 몰아쉬었다.

"내가 알기론 말이야. 헉헉."

김 기자가 말했다.

"원래 이 파라지파크는 기생충마다 사육장을 정해 놓은 걸로 아
는데, 왜 우리가 가는 곳마다 요충이 있는 거야? 우리한테 무슨 감
정이라도 있는 거야?"

"이게 다 너 때문이잖아. 헉헉. 네가 아까 돌로 요충의 머리를 맞
히지만 않았어도 우리 일정이 좀 더 편했을 텐데."

김 기자가 그 말에 반박하려는데, 뭔가가 뒤에서 핥는 느낌이 났
다. 피곤해서 몸을 돌리기도 싫었던 김 기자가 짜증스럽게 내뱉었
다.

"뭐야 또?"

- 나야, 요충.

"흥, 요충?"

김 기자는 깜짝 놀라 자리에서 벌떡 일어났다.

"뭐? 요충?"

뒤를 돌아보니 정말로 요충 한 마리가 서 있었다.

처음 사람에게 들어간 기생충은 먹을 것이 풍부한 곳에 자리를 잡습니다. 그 후에 들
어간 기생충은 다른 곳에 터를 잡겠죠. 그것이 수천 년, 아니 수만 년에 걸쳐 이루어
져 기생충들은 저마다 우리 몸의 다른 위치에서 기생하는 거예요.

"으아악!"

김 기자가 뛰려는데, 요충이 김 기자의 어깨를 지그시 잡았다. 어찌나 힘이 센지 김 기자는 꼼짝할 수도 없었다.

요충의 가슴에 달린 음성변환기에 불이 들어왔다.

- 내가 당신을 쫓아간 건 해코지를 하려고 한 게 아니야. 억울한 게 있어서야.

요충의 말에 도망치던 카메라맨이 발걸음을 멈췄다.

- 당신들은 기생충에 대한 편견이 있어. 기본적으로 인간을 해칠 거라는 편견. 하지만 그렇지 않아. 그걸 얘기하고 싶었어.

김 기자는 요충의 논리에 말리기 싫었다.

"하지만 난 어릴 적 요충에 걸려 항문이 가려웠고, 그 바람에 키가 이 모양이라고. 이건 어떻게 설명할 거야?"

요충이 슬픈 눈으로 김 기자를 바라봤다.

- 우리가 인간을 감염시키면 항문이 가려워지는 건 맞아. 하지만 항문이 가려우면 좀 긁으면 되는 거 아닌가? 당신들이 항문을 긁는 건 사소한 일이지만, 그 행위에 우리 종족의 생존이 걸려 있어. 우리는 대변으로 알을 내려 보내는 대신 항문 주위에 알을 낳아. 그렇기 때문에 손으로 항문을 긁어 줘야만 그 손에 알이 묻고, 그 손으로 튀김 같은 걸 나눠 먹어야 요충을 감염시킬 수 있어. 우리는 인간에게서만 살 수 있어. 손을 쓰는 동물이 인간밖에 없기 때문이지. 우리를 미워하지만 말고, 우

리 입장도 생각해 줘야 하는 거 아닌가?

"듣고 보니 그러네."

카메라맨이 맞장구를 쳤다.

"김 기자 키가 작은 게 요충 때문이라고 하는데, 2남 2녀가 모두 키가 작은 걸 보면 꼭 그렇지만은 않은 것 같아. 다 요충에 감염되었던 건 아니잖아?"

김 기자는 반박할 말을 찾고 싶었지만, 달리 떠오르는 말이 없었다.

"그, 그래도… 항문을 가렵게 하는 건 나쁜 짓이야. 항문 긁다가 들키면 얼마나 창피한데."

요충이 다시 말했다.

– 항문을 꼭 손으로 긁어야만 하는 건 아니야. 항문을 긁고 싶다면 의자 끝부분에 앉아서 왔다 갔다 하면 되잖아. 아니면 뾰족한 데 문질러도 되고. 가려움증을 해소할 방법이 얼마든지 있어. 지금 광기에 휩싸인 몇몇 기생충 때문에 이 파라지파크가 어수선하지만, 대부분의 기생충은 사람을 해치고 싶어 하지 않아. 당신이 기생충을 미워하는 건 자유지만, 기생충이 인간을 해친다는 편견만은 버려 주길 바라.

말을 마친 요충은 총총히 길을 떠났다. 카메라맨이 요충의 뒷모습을 향해 손을 흔들었다.

물가로 나오라, 연가시

"맨 앞에서 가면 기생충의 공격을 제일 받기 쉬워요. 생각해 보세요. 사람들이 우르르 가다 보면 기생충이 기다리고 있다가 맨 앞에 있는 사람을 공격하기 마련이잖아요. 우리 지금처럼 앞에 가지 말고, 뒤쪽으로 가자고요."

메디나충의 공격이 있은 후 사람들은 웬만하면 대열의 선두에 서지 않으려 했다. 할 수 없이 새총을 가진 노빈손이 맨 앞에 섰다.

"이리로 가면 후문이 있어요. 앞으로 2킬로미터 정도 걸으면 될 겁니다."

장미래의 말에 사람들은 묵묵히 걷기 시작했다. 시간은 새벽 3시를 향해 가고 있었지만, 가로등이 곳곳에 있어 주위를 살피는 건 그리 어렵지 않았다. 한 3분쯤 걸었을까. 대열의 뒤에서 갑자기 소란이 일었다. 노빈손이 가 보니 한 여자가 주저앉아 울고 있었다.

"도와줘요. 제 아이가 보이지 않아요."

사람들이 여자의 주위로 몰려들었다.

"분명히 제 옆에서 걷고 있었는데, 갑자기 없어졌어요. 어떡해요, 흑흑."

여자는 너무 갑작스럽게 벌어진 일이라 어디서 아이를 잃어버렸는지 모르겠다고 했다. 노빈손이 사방을 살펴보니 왼쪽에 호수가 하나 있었다. 노빈손은 장미래에게 물었다.

"호수에 사는 기생충이 뭐가 있지?"

장미래가 대답하려는데 옆에 있던 남자가 그 자리에서 쓰러졌다. 주위 일행들이 겁에 질린 채 그에게 다가갔다.

"왜 그러는 거야? 어서 일어나!"

"발, 내 발에….'

"으악! 이게 뭐야?"

거무스름한 색깔에 가느다란 기생충이 쓰러진 남자의 발을 감고 있었다.

"연가시다!"

"조심해! 점점 끌려가고 있어."

또 다른 사람도 그대로 쓰러졌다.

"악! 내 발에도 그놈이 있어!"

연가시는 사람들의 발을 낚아챈 뒤 어디론가 끌고 가기 시작했다. 사람들은 속수무책으로 끌려가기만 했다.

연가시와의 대결

아이는 연가시가 끌고 간 게 틀림없어. 연가시는 물에서 짝짓기를 하며 식사도 물에서 하지. 그러니까 분명 호수 쪽으로 갔을 거야!

스르르륵—

으악!

이거 놔요! 도대체 나한테 왜 이래요?

아 또, 당신?!

우와악! 함께 끌려가고 있어요—

흐억

앗싸! 명중!

연가시들의
수가 점점 더
많아지고
있어요!

좋아,
따끔한 맛을
보여 주지!

마지막 남은
구충제를…

아…

ㅋㅋㅋ
새 구충제를
또 한 발 쐈다.
그럼 총 아홉 발.

이제 한 발
남은 건가?

조금만 기다려라.
이 민머리 녀석아!

좋은 기생충, 회충

장미래는 점점 뒤로 처졌다. 서민 박사 밑에서 연구만 하다 보니 체력이 약해진 게 원인이었다. 심지어 아이들보다도 더 처져, 맨 뒤로 가게 됐다.

"누나, 빨리 오세요."

아이들의 격려에 장미래는 미소로 답했다.

"응, 그래. 난 이곳 지리를 누구보다 잘 아니까, 좀 늦게 가도 상관없어. 그리고 기생충은 주로 앞쪽에서 나타나더라."

일련의 활약으로 사람들한테 주목받는 스타가 된 노빈손은 장미래가 뒤로 처지는 것도 모른 채 힘차게 걷고 있었다.

"노빈손 씨, 존경합니다."

"노빈손 씨, 사진 한 장 같이 찍어요."

"노빈손 씨, 어쩌면 그렇게 용감하세요? 저랑 사귀실래요?"

이런 말들에 기분이 좋아진 노빈손이 장미래가 보이지 않는다는 것을 알아챈 건 한참 뒤였다.

"미래 씨! 미래 씨, 어디 갔어?"

★ ★ ★ ★ ★ ★ ★ ★ ★ ★ ★ ★ ★ ★ ★ ★ ★ ★ ★

"아이고!"

위태위태하게 걸음을 내딛던 장미래는 그만 풀에 발이 걸려 나동그라지고 말았다. 무릎 쪽이 쓰라린 것이, 아무래도 까진 것 같았다. 일어나려다 힘이 들어 그냥 주저앉아 있는데, 철수가 지나가는 게 보였다.

"철수 씨!"

부르는 소리에 철수가 뒤를 돌아보았다.

"왜 바쁜 사람을 부르고 그래요?"

철수가 퉁명스럽게 대답했다.

"제가 힘들어서 그러는데, 같이 좀 가면 안 될까요?"

철수가 등에 난 갈고리 자국을 디밀었다.

"이봐요, 당신 때문에 내 USB도 박살났지, 당신이 아까 나를 미는 바람에 이렇게 상처까지 났다구요! 그런데 양심도 없이…."

"도와주기 싫으면 그냥 가면 되지, 어디서 설교야? 흥, 가다가 넘어져라."

철수는 어이가 없다는 듯 장미래를 째려보다가 가던 길을 갔다.

"남자가 쪼잔하게."

장미래가 억지로 몸을 일으키려는데, 등 뒤에서 부스럭 소리가 났다. 좋지 않은 느낌에 뒤를 돌아보니 키가 훤칠한 회충이 폼을 잡고 서 있었다.

장미래는 눈을 질끈 감았다.

'이제 죽었구나.'

하지만 한참 동안 아무 일도 일어나지 않았다. 갔나 싶어서 슬며시 눈을 뜬 장미래는 자신의 눈을 의심했다. 회충이 자신의 앞에 서서 손을 내밀고 있는 게 아닌가. 어차피 죽기밖에 더 하겠냐 싶어 손을 잡았다. 그러자 회충이 장미래의 손을 잡고 일으켜 세웠다. 예상치 못한 행동에 놀란 장미래는 잠시 어리둥절해하다가 회충을 보고 말했다.

"고마워."

장미래의 말에 회충의 얼굴이 붉어졌다. 그때였다, 회충의 뒤쪽에서 고함 소리가 들린 건.

"이 빌어먹을 기생충 같으니!"

누군가가 이단옆차기로 회충을 공격했다. 회충은 구슬픈 비명을 지르며 옆으로 쓰러졌다. 장미래가 놀라서 그 사람이 누군지 확인했다. 철수였다.

"미래 씨, 제가 왔습니다. 하마터면 큰일 날 뻔했네요."

장미래가 황당한 표정으로 철수를 바라봤다.

"아까 미래 씨를 그렇게 보내고 나니까 후회가 되더라고요. 그래도 내가 남자인데, 이건 아니지 않느냐 싶더라구요. 마침 적절한 때 제가 왔네요."

그때 쓰러졌던 회충이 벌떡 일어나 철수 쪽으로 걸어왔다. 당황한 철수는 도망치려고 하다가 발이 꼬여 그만 그 자리에 넘어지고 말았다.

"사, 살려 줘."

회충이 넘어져 있는 철수에게 입을 가져가더니 나지막이 속삭였다.

- 조심해라. 응?

말을 마친 회충은 총총히 갈 길을 갔다.

 ## 민중의 지팡이

"기생충과 만날 시간이 점점 가까워지고 있네요."

경찰 하나가 바깥을 바라보며 말했다. 여수에서 출발한 경찰 특공대 10명은 어렵게 구한 모터보트를 타고 홍합도로 가고 있었다.

"살다 살다 기생충하고 싸우려고 출동하는 건 처음이야. 처음 파라지파크 생길 때부터 걱정이 되더니만 기어이 일이 터졌네."

"뉴스 보니까 기생충 한 마리가 2미터는 보통이고, 20미터까지 된다던데, 우리가 싸워서 이길 수 있을까요?"

대장인 듯한 경찰이 그들을 달랬다.

"우리는 민중의 지팡이야. 지금 인질들이 위험하다는데, 그런 자신 없는 소리를 하면 되겠어? 자자, 노래나 부르자고. 뱀이다~ 뱀이다~ 몸에 좋고 맛도 좋은 뱀이다~."

헷갈리는 김 기자

요충에게 감화를 받은 김 기자는 그 뒤부터 밝게 살고자 했다. 기생충을 만났을 때 무조건 도망가기보다는 먼저 인사를 하기로 한 것이다. 효과는 좋았다.

"어이, 기다란 기생충 안녕!"

"거기, 납작한 기생충 안녕!"

기생충들은 처음에는 당황하다가 곧 손을 흔들어서 답례했다. 카메라맨은 그저 신기했다.

"진작 도망가지 말고 이렇게 할 걸 그랬어."

"그러게 말이야."

카메라맨이 앞쪽을 바라보며 말했다.

"저기 기생충 한 마리가 또 있는데, 온순해 보여."

김 기자가 바라보니 길이가 2미터가량 되고, 이마에 갈고리가 달려 있었다.

"어이, 키 큰 기생충 안녕!"

김 기자가 손을 들어 인사하자 갈고리촌충이 몸을 일으켰다. 그러곤 다짜고짜 이마에 있는 갈고리를 발사하기 시작했다.

슉슉!

"으악! 도망가자!"

둘은 정신없이 내달렸다. 한참 도망치다 뒤를 돌아보니 갈고리 촌충은 보이지 않았다. 김 기자는 배낭에 꽂힌 갈고리를 보면서 말했다.

"이것도 이번 여행의 전리품이 될 것 같아. 그나저나 기생충들한테 인사할 마음이 싹 사라져 버렸어."

 함정

"잠깐!"

맨 앞에서 걷던 노빈손이 손을 들었다. 뒤를 따르던 관람객들은 무슨 일인가 싶어 걸음을 멈췄다. 옆에 있던 남자가 투덜댔다.

"왜 그러는 거요? 지금 후문이 코앞에 보이는데, 빨리 밖으로 나가고 싶다구요. 배도 고프고."

노빈손은 그 말을 무시한 채 주위를 훑어보았다.

"무슨 이상한 소리 들리지 않아요? 뱀이 기어가는 소리 비슷한…."

관람객들은 갑자기 불안해졌다.

"이번엔 또 어떤 기생충일지, 사납지만 않으면 좋겠는데."

스르륵 소리와 함께 갈색의 벌레 한 마리가 모습을 드러냈다. 크기가 1미터도 안 돼 보였다. 지금까지 2미터가 넘는 기생충들과 상대하느라 지친 관람객들은 오랜만에 해 볼 만한 기생충이 나타나자 반갑기까지 했다.

"그래, 다른 기생충한테 당했던 걸 네놈한테 좀 풀자!"

하지만 그 기생충은 재빨랐다. 날쌔게 한 여자의 목을 감더니 딱따구리처럼 눈을 쪼아 댔다. 눈을 좋아하는 그 기생충은 바로 동양안충이었다.

"으아악! 내 눈!"

여자가 비명을 질렀다. 얼마 지나지 않아 그녀의 두 눈이 붉게 변했다.

"누가 좀 말려 줘요!"

그러나 누구 하나 선뜻 나서는 사람은 없었다. 오히려 허옇게 질린 채 뒤로 슬슬 물러났다.

'어쩌지? 마지막 한 알을 써야 하나? 하지만 그랬다간 결정적 순간에 파라오를 쓰러뜨릴 방법이 없는데….'

노빈손은 깊은 고민에 빠졌다. 얼굴이 순식간에 10년은 늙은 것 같았다. 그사이 동양안충의 공격은 더욱 강해졌고 여자의 비명 소리도 더욱 커졌다. 지금 당장 손을 써야만 하는 위급한 상황이었다.

"어쩔 수 없군."

고민하던 노빈손은 새총에 알약을 장전해 동양안충에게 쐈다. 알약은 동양안충의 머리에 명중했다.

파파팟!

역시나 몸이 순식간에 부서졌다. 그러자 사람들이 기뻐하기는 커녕 노빈손에게 따져 물었다.

"아니, 구충제가 없다더니 왜 심심하면 나오는 거요?"

"대체 구충제가 몇 개나 남은 건지 솔직하게 밝혀요. 따지고 보면 이게 당신 것도 아니잖아요."

"맞아요. 우리도 알 권리가 있어요. 최소한 저 갈색 벌레들은 물리칠 수 있는 거죠?"

노빈손이 바지 주머니를 뒤집어 보였다.

"보세요. 이게 정말… 마지막이었습니다."

그 얘기를 들은 걸까? 갑자기 양쪽에서 기생충들이 떼로 몰려나왔다. 주걱을 닮은 서울주걱흡충과 고환이 아름다운 간디스토마가 수십 마리씩 나와 인질들을 둘러싸기 시작했다. 갑작스런 습격에 놀란 사람들의 비명이 여기저기서 마구 터져 나왔다.

"으악! 이제 알약도 없는데 저것들을 어떻게 물리치지?"

동양안충 수십 마리가 그들 쪽으로 다가왔다. 사람들이 뒷걸음질 치기 시작했다. 주위를 둘러보니 마침 뒤쪽에 건물이 하나 있었다.

"이쪽으로 들어갑시다!"

누군가의 말에 모두들 건물 안으로 우르르 들어갔다. 동양안충은 더 이상 쫓아오지 않았다.

"휴우, 다행이다. 여기까진 안 들어오나 봐요."

사람들이 안도의 한숨을 내쉬고 있을 때, 노빈손은 왠지 모르게 불안했다.

"이상해. 우리를 위협만 하고 쫓아오진 않았어. 어째서지?"

하지만 간만에 건물 안으로 들어오자 사람들은 기뻐했다.

"여기 들어오니까 살 것 같네. 화장실도 있고, 냉장고에 먹을 것도 있는 것 같던데."

잠시 후, 냉장고를 뒤지던 한 남자가 검정 비닐봉지 안에 꽁꽁 감춰져 있던 뭔가를 발견하고 산삼이라도 캔 것처럼 환호성을 질렀다.

"오메! 허니버터칩이다!"

모두의 눈길이 그리로 쏠린 순간, 누군가 버려진 비닐봉지를 주워 들더니 조용히 어딘가로 사라졌다.

노빈손이었다.

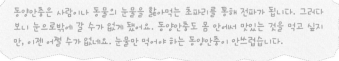

동양안충은 사람이나 동물의 눈물을 핥아먹는 초파리를 통해 전파가 됩니다. 그러다 보니 눈으로밖에 갈 수가 없게 됐어요. 동양안충도 몸 안에서 맛있는 것을 먹고 싶지만, 이젠 어쩔 수가 없네요. 눈물만 먹어야 하는 동양안충이 안쓰럽습니다.

공포의 재회

"이런…."

건물 전화기를 통해 가족과 통화를 하려던 일행이 실망한 표정으로 돌아왔다.

"전화선이 다 끊겨 있어요. 기생충이 이런 일을 했다는 걸 대체 누가 믿겠어요?"

"그러게 말입니다. 앞으로 기생충이 무식하다, 이런 말 하면 안 되겠어요."

사람들이 웅성대기 시작했다.

"그럼 이제 우린 뭐하나요? 앉아서 무작정 기다리기만 해야 하나요?"

"아, 배도 무지 고픈데…."

긴장이 풀린 사람들이 바닥에 널브러져 있는데 어디선가 기생충의 목소리가 울려 퍼졌다.

– 너희들은 함정에 빠졌다.

"파라오?"

사람들은 이내 공포에 휩싸였다.

곧이어 2미터가 넘는 거대한 편충이 사람들 앞에 우뚝 나타났다. 그 뒤에는 편충 두 마리를 비롯한 여러 기생충들이 버티고 있었다. 파라오가 우렁찬 목소리로 말했다.

- 나는 파라오다. 나는 관대하다.

파라오는 다시금 목소리를 올렸다.

- 여기가 바로 우리들 알을 해동하는 곳이다. 어차피 너희들을 이리로 데려오려고 했는데, 제 발로 알아서 와 주니 고맙구나! 이제 시작하지.

십이지장충은 맨 앞에 서 있던 남자의 멱살을 물어 들어 올렸다가 바닥에 내동댕이쳤다. 사람들에게 겁을 주려는 것이었다.

- 아까 알 먹는 순서 정해 줬지? 번호표에 1번이라고 쓰여 있는 사람 나와!

아무도 나오지 않았다. 파라오가 언성을 높였다.

- 만일 뒤져서 1번이 나오면, 그 사람은 나한테 죽는다. 번호표를 잃어버린 사람은 무조건 1번이라고 친다.

편충들이 관람객들 사이를 돌면서 번호표를 체크했다.

"저…."

한 사람이 손을 들었다. 철수였다. 허공에 치켜든 철수의 팔이 심하게 떨렸다. 편충 한 마리가 번호표를 보고 1번이 맞다고 확인해 주었다. 파라오가 철수의 얼굴을 잡고 입을 벌린 뒤 접시에서 편충 알 다섯 개를 골라 집었다.

"잠깐!"

사람들 속에서 튀어나온 노빈손이 큰 소리로 외치며 파라오를 향해 새총을 겨누었다. 얼굴이 그새 몇 년 더 추가로 늙어 있었다. 파라오는 순간 움찔했지만 곧 여유를 되찾았다. 그가 두려워하는 건 오직 슈퍼 구충제뿐이었으니까.

– 오, 이게 누구야? 미꾸라지처럼 도망 다니던 민머리 선생 아닌가? 다시 보게 돼서 반갑네. 음하하하하.

노빈손이 심드렁한 표정으로 대꾸했다.

"흥! 나는 하나도 안 반가운걸."

파라오의 입가에 슬며시 비웃음이 떠올랐다.

– 두려움에 떠느라 얼굴까지 폭삭 삭았으면서 센 척하기는.

"그래도 너보다는 동안이지. 흉측한 채찍벌레보다는."

– 윽! 저 녀석이.

채찍을 파르르 떨며 눈을 부라리는 파라오에게 노빈손이 뜻밖의 질문을 던졌다.

"그나저나, 궁금하지 않아? 내가 어떻게 USB를 손에 넣었는지."

순간 파라오의 채찍이 움직임을 딱 멈추었다.

– 사실 좀 궁금하긴 해. 넌 파라지파크와는 전혀 무관했던 녀석 같은데. 지금이라도 비밀을 털어놓으면 최대한 덜 고통스럽게 저승으로 보내 주마.

"그럼 가르쳐 주지. 우리 엄마가 그러더라. 배우고 죽은 귀신은

때깔도 좋다고."

파라오가 피식 웃었다. 노빈손도 후후 웃었다. 둘의 눈빛이 허공에서 날카롭게 맞부딪쳤다. 팽팽한 침묵 속에서 노빈손의 머리가 빛의 속도로 회전하고 있었다. 파파팟팟!

이윽고 노빈손이 천천히 입을 열었다.

"에에… 난 인천행 보잉 747 비행기를 타고 있었어. 옆자리엔 괴팍해 보이는 외국인이 앉아 있었고."

- 그 자가 바로 로빈손이었군!

"어라? 천잰데?"

- 무슨 얘길 했지? USB는 왜 준 거야? 혹시 거래를 제안하던가?

파라오가 조바심을 내며 재촉했지만 노빈손의 말투는 평소와 달리 느릿느릿했다.

"우린 나란히 앉아서 태평양을 건넜지. 고도는 1만 미터, 풍속은 초속 3미터, 풍향은 동남풍, 구름은 권층운. 중간에 깜박 졸면서 말숙이를 만나는 악몽에 시달리고 있는데 아 글쎄! 비몽사몽 간에 누군가의 발소리가 들리지 않겠어?"

- 그게 누구였지!?

"누구긴? 승무원이었지. 김이 모락모락 나는 기내식을 가져왔더라고. 메뉴는 비빔밥이고 재료는 쌀, 소고기, 고추장, 계란, 시금치, 도라지, 버섯 그리고 또 뭐였더라? 맞다, 창포묵! 근데 도시락 뚜껑

안쪽을 무심코 봤더니 아 글쎄! 종이에 작은 글씨들이 깨알같이 적혀 있는 거야."

－ 뭐였지? 암호였나?

"아니, 원산지 표시였어. 쌀은 윤기가 자르르 흐르는 이천 임금님쌀, 소고기는 마블링이 예술인 호주산 1등급, 고추장은 맛있게 매운 순창고추장, 시금치는 뽀빠이도 즐겨 먹는 양평 유기농 시금치, 계란은 뒤뜰에서 뛰놀던 마산 토종닭 유정란, 도라지는 강원도 심심산골의 백도라지, 버섯은…."

하염없이 늘어지는 노빈손의 장황한 설명에 처음엔 솔깃해서 듣던 파라오가 결국 참지 못하고 버럭 소리를 질러댔다.

－ 그만! 지금 날 놀리는 거냐? 이게 무슨 먹거리 X파일이야?

그러더니 뭔가 깨달았다는 듯 음산하게 웃으며 말했다.

－ 클클클, 그렇게라도 해서 죽음을 잠시나마 미루고 싶은 게로구나. 목숨이 아까운 건 아는 모양이지?

"흥! 벌레 주제에 감히 인간과 삶을 논하려 하다니."

－ 저걸 확!

순간적으로 화가 치솟았지만 파라오는 기생충들의 제왕답게 쉽사리 흔들리지 않았다.

－ 역시 당돌한 녀석이군. 그래, 마음껏 떠들어 봐. 조금 있으면 거꾸로 매달린 채 우리가 낳은 알을 먹고 있을 테니까. 혹시 아나? 이 알 덕

분에 머리카락이 새로 나올지? 음하하하.

노빈손이 피식 웃으며 맞받아쳤다.

"그럼 난 쑥과 마늘을 선물로 주지. 혹시 아나? 하다못해 지렁이라도 될지."

- 으으으.

파라오의 인내심이 차츰 바닥을 보이기 시작했다.

- 경고하는데, 나를 미물 취급하지 마라. 나도 가끔은 관대하지 않을 때가 있다.

하지만 노빈손은 한술 더 떴다.

"경고하는데, 하나도 안 웃긴 얘기하면서 혼자 웃지 좀 마라. 못 봐 주겠다."

파라오의 얼굴이 순식간에 확 굳어졌다.

- 뭐? 내 농담이 안 웃겨? 너 내가 어떻게 이 파라지파크의 제왕이 된 줄 알아?

파라오가 옆에 서 있던 십이지장충을 보고 말했다.

- 네가 말해 봐. 내가 어떻게 이곳의 제왕이 됐는지.

갑작스런 질문에 십이지장충의 얼굴은 흙빛이 되었다.

- 그, 그것은….

파라오가 답답하다는 듯 한숨을 쉬었다.

- 야, 야. 됐어. 됐고, 너 솔직히 말해 봐. 내 농담이 웃겨, 안 웃겨?

십이지장충이 떨리는 목소리로 말했다.

- 우, 웃깁니다.

파라오가 여봐란 듯 노빈손을 바라봤다.

- 내가 이런 사람, 아니 이런 기생충이라고. 됐고! 네가 새총을 잘 쏜
다는 건 인정한다만. 어쩌냐, 이제 쏠 총알이 없는데. 음하하하하.

옆에 있던 십이지장충과 동양안충이 따라서 비굴
하게 웃었다. 철수도 덩달아 웃었다. 노빈손
이 파라오에게 썩소를 날렸다.

"흥, 내가 총알도 없이 여기 나온 거 같냐? 받아랏!"

- 그, 그럴 리가 없는데….

파라오가 미처 피할 새도 없이 노빈손의 새총에서 까만 물체가 발사됐다. 전에 보지 못했던 커다란 총알이었다.

슈웅~!

파라오의 눈이 놀란 토끼처럼 커졌다. 총알은 파라오의 얼굴을 정확히 강타한 후 뻥 하고 터졌다. 파라오는 그 자리에 털썩 주저앉고 말았다.

한데 이상했다. 파라오의 몸은 아주 멀쩡했다. 다만 가뜩이나 못생긴 얼굴이 인상을 있는 대로 써서 더 못생겨졌을 뿐.

- 으… 무슨 냄새가 이리 독하냐. 썩은 시금치 냄새냐?

사람들의 시선이 일제히 노빈손에게 쏠렸다. 다들 그 어마어마한 냄새의 정체가 궁금한 참이었다. 노빈손이 통쾌한 듯 껄껄 웃으며 제 방귀의 내력을 읊었다.

"어떠냐? 내 똥방귀 맛이. 상한 계란의 생화학적 결과물이다. 아까 아랫배에서 신호가 오기에 비닐봉지에 차곡차곡 모았다가 농축한 뒤 돌멩이를 매달아 너한테 쏜 거다, 음하하하."

얼굴이 누렇게 뜬 파라오는 한동안 정신을 차리지 못했다. 대신 십이지장충들이 달려들더니 노빈손을 두들겨 패기 시작했다.

픽! 픽픽! 퍼퍼퍼픽!

지켜보던 사람들이 발을 동동 굴렀다.

"아이고, 저러다 죽겠네. 저렇게 무지막지하게 때리다니."

하지만 노빈손은 쌍코피를 흘리며 쓰러지는 상황에서도 눈을 감지 않았다. 지금 그는 온몸의 신경을 집중시켜 어딘가를 바라보고 있는 중이었다.

십이지장충들이 노빈손을 때리는 동안 편충들은 사람들에게 편충 알을 먹이기 시작했다. 철수는 알 다섯 개를 먹은 뒤 그대로 기절해 버렸고, 2번을 뽑은 남자도 알 다섯 개를 물에 타서 먹은 후 실신하고 말았다.

파라오는 그 광경을 흐뭇하게 바라봤다.

- 이제 한 시간만 기다리면 편충 새 식구들이 우르르 나올 거야. 음하하하.

알을 먹지 않으려고 발버둥치는가 하면 도망치려다가 잡혀 노빈손 옆에서 같이 얻어맞는 사람도 있었다. 몸집이 거대해지고 지능이 높아진 힘센 기생충들 앞에서 사람들은 그저 무력하기만 했다.

장미래는 오랫동안 서민 박사와 연구한 결과물이 결국 괴물이 되었다는 사실에 눈물을 멈출 수 없었다.

그때였다.

절반쯤 열려 있던 출입문 뒤에서 검은 그림자 하나가 스르르 실내로 스며들었다.

스스스슷!

하지만 기생충과 사람들이 한데 뒤엉킨 소란스러운 상황이라 아무도 그쪽을 눈여겨보지 않았다. 낌새를 알아챈 건 오직 한 명, 아까부터 거길 뚫어져라 쳐다보고 있던 노빈손뿐이었다.

'오! 드디어….'

둘의 눈길이 서로 마주쳤다. 그림자는 들고 있던 상자에서 크고 둥근 알약을 꺼내 보이며 눈을 찡긋했고, 노빈손도 거의 동시에 눈을 찡긋했다. 하지만 둘 다 상대의 눈짓을 알아채지 못했다. 노빈손의 눈은 이미 퉁퉁 부어서 거의 감겨 있었기 때문에, 그리고 상대의 눈은 떴는지 감았는지 분간이 안 갈 만큼 작았기 때문에.

결정적 순간에 나타난 실눈의 그림자!

그는 다름 아닌 서민 박사였다.

회심의 반격

서민 박사는 엉금엉금 기어 파라오의 뒤쪽으로 최대한 접근했다. 그러고는 벌떡 일어나 괴성을 지르며 알약을 들고 돌진하기 시작했다. 마치 2차대전 때 폭탄을 들고 독일군 탱크로 달려가던 레지스탕스 용사처럼.

"으아아아!"

예상치 못한 공격에 당황한 기생충들이 허겁지겁 서민 박사를 막으러 달려왔다. 그러자 노빈손이 있는 힘을 다해 목청껏 부르짖었다.

"여러분, 저 분에게 길을 터 주세요! 기생충들을 막아 주세요!"

순간 무력하게 서 있던 관람객들이 힘을 내기 시작했다. 다들 언제 그랬냐는 듯 눈을 빛내며 3명, 또는 4명이 한 조가 되어 젖 먹던 힘까지 내어 기생충들을 막았다.

"으윽!"

"꺄악!"

그중 일부는 기생충들에게 부딪혀 나동그라지기도 했지만, 기생충들은 뜻밖의 저항에 막혀 옴짝달싹하지 못했다. 그 틈에 서민 박사는 파라오에게 5미터 이내로 접근했다. 그러나 팔을 뻗어 알약을 던지려는 순간, 그만 서민 박사의 발이 꼬여 버렸다.

"어어? 넘어간다!"

서민 박사가 넘어지면서 손에 있던 알약이 공중으로 붕 떠올랐다가 바닥에 툭 떨어지더니 데구르르 굴렀다. 파라오는 알약을 향해 날 듯이 달려갔다. 그러나, 선뜻 알약을 집지 못했다. 알약이 몸에 닿는 순간 어떤 일이 벌어질지 알 수 없었기 때문이다.

– 아 어쩌지….

기생충은 우리처럼 혈액을 통해서 상처를 치유할 수 없기 때문에 조금만 다쳐도 회복하기 어렵습니다. 그러니까 어디를 다쳐도 죽기 때문에 온몸이 급소라고 할 수 있지요.

파라오가 망설이며 주춤대고 있을 때, 노빈손이 재빠르게 알약을 향해 몸을 날렸다. 노빈손은 알약을 집자마자 새총으로 파라오를 겨누었다.

슈우우우웅~~!

알약이 무서운 속도로 파라오를 향해 날아갔다. 피하기엔 이미 늦었음을 직감한 파라오가 필사적으로 채찍을 휘둘렀지만 결과는 헛스윙이었다. 곡선으로 휘두르는 편충의 채찍보다는 직선으로 쏘아 보낸 인간의 알약이 훨씬 빨랐다.

퍼억—!

알약이 파라오의 얼굴에 깊이 박혔다.

- 끄으으윽!

비명과 함께 파라오의 목이 툭 꺾였다. 이어 몸 여기저기에 금이 가기 시작했다.

숨죽인 채 지켜보던 사람들이 일제히 환호성을 지르며 서로를 얼싸안았다.

"파라오가 구충제를 맞았다!"

"와! 드디어 끝났어."

"대머리 총각 만세! 실눈 박사 만세!"

"그럼 그렇지! 기생충 주제에 감히….'

"잉~ 엄마 보고 싶어."

그러나 이상하게도 파라오는 끝까지 오만한 웃음을 잃지 않았다. 채찍으로 바닥을 짚고 버티어 선 채 힘겹게, 그러나 또박또박 내뱉은 섬뜩한 유언!

– 흥! 끝났다고? 과연 그럴까? 우리의 지구 정복은 이미 시작되었⋯.

말을 마치지도 못한 채 파라오의 몸은 산산조각이 났다. 거대했던 몸뚱어리가 수백 조각으로 분해되어 바닥으로 흩어졌다.

지구 정복을 꿈꾸던 기생충의 제왕이 남긴 마지막 흔적이었다.

뒤늦게 부화실로 경찰 4명이 뛰어 들어왔다.

"손들어, 이 기생충들아!"

"그래, 웬만하면 손드는 게 좋을 거야. 우리가 너희 때려잡으려고 4시간 동안 보트를 타고 여기까지 왔거든?"

파라오가 죽는 것을 본 기생충들은 모두 투항했다. 총에 맞는다고 죽는 것은 아니지만, 어차피 인간을 공격할 마음이 없었던 터라 파라오가 죽은 마당에 인간과 애써 싸울 마음은 없었다. 경찰들은 기생충들을 포박해 데리고 나갔다.

노빈손은 환하게 웃으며 서민 박사에게 다가갔다.

얼굴이 여전히 울퉁불퉁하게 부어 있긴 했지만, 고민 때문에 생겼던 급 노화 현상은 어느새 흔적도 없이 사라진 뒤였다.

"서민 박사님, 제때 와 주셨군요. 근데 그 슈퍼 구충제는 어떻게 만든 겁니까? 불소를 다 썼잖아요?"

"사람이 머리를 써야지. 치약에 불소가 함유돼 있잖나. 그걸 추출해서 만든 걸세. 다행히 한 알 정도 만들 양이 됐어."

서민 박사가 눈가에 잔주름을 잔뜩 만들며 밝게 미소 지었다.

"훌륭하십니다. 역시 박사님이 옳았어요."

"하하, 나야 늘 옳지."

"아니, 서민 박사님 말고 로빈손 박사님요. 그분이 그러셨거든요. 서민 그 친구에겐 결정적 한 방이 있다고요. 옛날에 자기 밑에 데리고 있었기 때문에 잘 안다면서."

"뭐? 누가 누구 밑에 있었다고?"

서민 박사가 전에 없이 발끈했다. 같은 스승을 모시긴 했지만 자기들끼린 별로 친하지 않았던 게 분명했다. 일종의 라이벌? 아니면 앙숙?

"아무튼 그게 저의 유일한 희망이었어요. 서민 박사님의 한 방에 대한 믿음이 없었다면 제가 마지막 구충제를 함부로 쓰지도 못했을 거고, 조금 전에 그렇게 시간을 끌면서 버티지도 못했을 거예요."

그러자 옆에 있던 장미래가 크게 고개를 끄덕이며 말했다.

"아, 로빈손 박사님이 정말 선견지명이 있으셨구나."

"그렇지. 비록 지금은 고인이 되셨지만…."

그때 서민 박사가 갑자기 고개를 번쩍 들고 노빈손을 노려보았다.

"어? 박사님, 설마 지금 눈 부릅뜨신 거예요?"

"누가 그래?"

"뭘요?"

"로빈손이 죽었다고 누가 그러더냐고."

그러고는 말도 안 된다는 듯 고개를 절레절레 흔들며 말했다.

"다른 사람은 몰라도 로빈손은 절대 안 죽어! 얼마나 질긴 인간인지 알아? 아마 저승에 가서도 살아남을걸?"

축복인지 저주인지 모를 얘기를 늘어놓는 서민 박사에게 몇몇 사람들이 다급한 얼굴로 다가왔다.

"저기요, 저희들은 어떻게 합니까? 제발 살려 주십시오."

기생충 알을 먹은 사람들이었다. 그들은 서민 박사의 바짓가랑이를 잡고 매달렸다. 서민 박사는 급히 암실에 들어가 방사성동위원소를 가져온 뒤 잘게 부수어 기생충 알을 먹은 사람들에게 나눠 줬다.

"이게… 뭐죠?"

"인체에 그렇게 좋은 것은 아닙니다만, 지금 사정이 급하니 어쩔 수 없지요. 일단 이걸 드시면 여기서 나오는 방사선이 아까 삼킨 충란의 부화를 정지시켜 줄 겁니다. 그리고 난 뒤 설사약을 먹

기생충의 알을 충란이라고 합니다.

179

으면, 아마 그 알들이 그대로 나올 겁니다."

한 사람이 걱정스런 표정으로 물었다.

"저… 방사선이라면 위험하지 않나요?"

서민 박사가 입맛을 다셨다.

"위험하긴 하죠. 하지만 어쩌겠어요. 지금 바로 중단시키지 않으면 생명이 위험한데."

서민 박사의 말에 다들 방사성 가루를 삼켰다.

파라육의 음모

"박사님, 전 아무래도 파라오가 말한 지구 정복 계획이 마음에 걸려요."

서민 박사가 고개를 끄덕였다.

"그래, 내가 보니까 냉동실에 넣어 둔 편충 알이 1,500개 정도 비었더라고. 파라오가 여기서 쓰려던 게 500개 정도니, 1,000개는 현재 다른 곳에 있다는 얘기가 되거든. 그래서 마 사장님께 CCTV를 확인해 달라고 했네. 편충 알을 누가, 언제 밖으로 빼돌렸는지 알아보려고."

관제실에서 달려온 마 사장이 결과를 말해 줬다.

"상자에 뭔가를 가득 실은 차가 나갔는데, 아마도 편충 알을 실은 거 같소. 편충 한 마리가 뒷좌석에서 운전자를 채찍으로 때리고 있었소."

노빈손이 자리에서 일어났다.

"그럼 그들은 필시 배를 타고 육지로 가겠군요! 훨씬 넓은 곳에서 더 많은 사람들에게 편충 알을 먹이려는 게 틀림없어요. 빨리 가서 막아야 해요!"

장미래가 끼어들었다.

"근데, 그들이 탄 배가 어떤 건지 알아야 할 것 아냐?"

"그거라면 걱정 말게. 장비 챙겨 올 테니까 이따가 정문에서 만나세."

급히 말을 마친 서민 박사는 마 사장과 어디론가 사라졌다.

잠시 후, 서민 박사가 나타났다. 작은 가방과 함께.

"그 안에는 뭐가 들었나요?"

마 사장이 마련해 준 고속 모터보트를 타고 함께 바다로 나간 노빈손이 서민 박사에게 물었다.

"자, 앞으로 배를 보면 무조건 이 가방에 든 탄환을 쏘게."

노빈손이 보니 탄환은 마치 초콜릿처럼 생겼다.

"이게 뭔데요?"

"이건 엘리자(ELISA)라고, 우리말로 하면 효소면역측정법이라는

원래 엘리자는 혈액 중에 기생충에 대한 항체가 있는지를 파악해서 기생충 감염 여부를 진단하는 방법입니다. 이 책에서는 진단할 때처럼 일일이 복잡한 과정을 밟을 수가 없으니, 총처럼 쏘기만 하면 자동적으로 진단이 된다고 가정했습니다.

장치네. 쉽게 설명하면 이래. 지금 편충 알을 가지고 육지로 가고 있는 기생충은 편충이란 말이지. 이 총알에는 편충에 대한 항체가 들어 있어. 또한 항체가 편충과 결합하면 붉은색을 띠는 물감도 들어 있지. 자, 배에 편충이 왔다 갔다 했다면 배 바닥에 편충의 단백질이 묻어 있겠지? 이 총알을 거기에 쏘면 총알에 있는 항체가 거기 달라붙고, 그러면 붉은색을 띠겠지? 즉 이걸 쏴서 배가 붉은색으로 변하면 편충이 그 배에 탔다는 거야."

노빈손은 마냥 신기했다.

"이거, 정말 신통한 장치네요. 박사님이 개발하신 건가요?"

"아니야. 이건 피 검사를 통해 환자의 기생충 감염 여부를 검사할 목적으로 널리 쓰이는 장치인데, 내가 조금 개조했지. 자네의 새총 실력이면 충분할 거야."

한참을 배들을 추월해 가면서 노빈손은 수십 척의 배에 엘리자 총알을 발사했지만, 별 소득이 없었다.

"아이 참, 조금 있으면 여수에 도착하는데, 아직도 발견을 못 하면 어떡해."

옆에 있던 장미래도 초조해지자 새총 하나를 받아들고 엘리자 탄환을 쏘기 시작했다.

"저기 좀 봐."

장미래가 배 한 척을 가리켰다.

"저 배, 홍합도에 있던 배야. 배에 홍합 껍데기가 그려져 있잖아. 내가 오다 가다 본 적이 있어."

"정말이네. 좋았어!"

노빈손은 새총을 조준한 뒤 그 배를 향해 탄환을 쐈다. 그로부터 1분 후, 탄환을 맞은 곳이 붉은색으로 변하더니 파라육이 난간에 모습을 드러냈다.

"이 나쁜 편충아, 슈퍼 구충제의 맛을 봐라!"

노빈손은 파라육한테 거푸 슈퍼 구충제를 발사했다. 파라육은 황급히 배 안으로 숨은 뒤 속도를 올렸다. 쫓고 쫓기는 추격전이 전개됐다. 하지만 항구가 그리 멀지 않았기에, 파라육이 상륙하는 건 어렵지 않아 보였다.

그걸 알았는지 파라육이 노빈손을 돌아보며 씨익 웃어 보였다. 그때였다, 파라육의 얼굴에서 핏기가 가신 건. 여수 항구에 대포 한 정이 바다 쪽을 향해 있었다. 그 대포는 외국인이 조종하고 있었다. 그는 조금도 주저하지 않고 파라육이 탄 배를 향해 대포를 발사했다.

콰콰콰쾅.

포탄이 배에 맞자마자 터지면서 포탄 속 내용물이 배 전체에 튀었다. 신기한 것은 내용물이 배를 운전하는 선원들에게는 아무런 피해가 없으면서, 파라육의 몸만 녹여 버렸다는 점이다.

멀리서 대포를 쏜 사람의 목소리가 들렸다.

"어떠냐? 슈퍼 구충제의 맛이. 여수에 있는 모든 불소를 긁어모아 만들었다!"

외국인은 의기양양한 표정을 지으며 노빈손과 서민 박사를 향해 브이 자를 그려 보였다. 그는 바로, 죽은 줄로만 알았던 로빈손 박사였다.

이번엔 서민 박사가 옳았다.

평화가 찾아오다

파라지파크는 없어지지 않고 존속됐다. 아이들에게 과학자의 꿈을 심어 주겠다는 마 사장의 말이 여전히 설득력을 지닌 데다, 기생충에 알레르기를 치료할 수 있는 힘이 있다는 서민 박사의 설명도 도움이 됐다.

실제로 한 여자가 다음과 같이 말하기도 했다.

"우리 아이가 원래 아토피가 심했거든요. 그런데 여기서 기생충들과 놀고 난 뒤에 아토피 증상이 싹 사라졌어요. 혹시 기생충 때문에 이럴 수 있어요?"

서민 박사가 대답했다.

"기생충 때문일 가능성이 높지요. 이곳에는 기생충 단백질이 굉장히 많이 뿌려진 상태니까요."

"그게 무슨 말이죠?"

"우리 면역계는 기생충과 오랜 세월 같이 지내 왔지요. 그런데 어느 날 기생충이 갑자기 없어져 버렸단 말입니다. 그러면 어떻게 되겠어요? 실연당한 사람들은 남녀가 같이 걸어가는 것만 봐도 화가 나잖아요? 면역계도 그래요. 기생충한테 배신당했다고 생각해서 극도로 예민해집니다. 그 과정에서 면역계가 아무 데나 화풀이를 하다가 우리 피부를 공격하는데, 이게 바로 아토피입니다. 코의 점막을 공격하는 게 알레르기성 비염이고요."

여자의 눈이 커졌다.

"그래서요?"

"그러던 어느 날, 기생충이 짠 하고 다시 나타나 봐요. 그럼 면역계가 어떻게 되겠어요? 기생충이 다시 돌아와 준 것을 고마워하고, 비뚤어졌던 지난날을 반성합니다. 다시 착하게 살겠다고 말입니다. 그래서 알레르기 증상이 좋아지는 겁니다."

"그렇다면, 아이에게 기생충을 감염시키라는 말인가요?"

"그럴 필요까지는 없습니다. 기생충을 먹는 대신 기생충의 추출물을 주사하면 됩니다."

여자의 사례가 매스컴을 타면서 파라지파크는 알레르기를 고치

기생충은 인간에게 해를 끼치고 싶은 마음이 없는, 착한 아이들입니다. 게다가 기생충은 인간의 알레르기를 막아 주기도 하니, 이 정도면 이로운 것 아닌가요?

려는 아이들이 많이 찾아오는 곳이 됐다. 관람객들이 찍은 동영상이 인터넷을 통해 퍼지면서 기생충 열풍이 불었다. 기생충을 본뜬 장난감들이 출시돼 선풍적 인기를 누렸다. 아이들은 휴대폰 대신 기생충을 목에 감고 놀았고, 편충 가면을 쓰고 다니는 모습은 길거리에서 흔히 볼 수 있는 풍경이 됐다.

그렇다고 모든 기생충들이 다 사면된 건 아니었다. 서민 박사는 기생충들을 적극가담, 단순가담, 무죄 이렇게 세 부류로 나누었고, 갈고리촌충 등 몇몇 기생충을 제외하고는 대부분 선처해 주기로 했다. 파라 4총사처럼 적극가담한 기생충은 무기징역을 받았고, 단순가담자에게는 3개월간의 교화 기간 후 파라지파크로 복귀할 수 있게 해 줬다.

에필로그

"저기 오는군."

김 기자와 카메라맨은 서울 근교의 등산로에 서 있었다. 독일의 브로커에게 기생충의 알을 팔기 위해서였다.

"저 사람이 우리를 부자로 만들어 줄 거로구만."

간단한 인사를 나눈 뒤 브로커가 돈가방을 꺼냈다. 김 기자도 배낭을 열고 기생충 알 네 개를 꺼냈다.

"어? 알이 깨졌잖아?"

실망할 새도 없이, 가방에서 확 튀어나온 10센티미터가량의 유충이 김 기자의 입속으로 쑤욱 들어갔다.

"으으윽!"

김 기자가 목을 감싸안고 괴로워했다. 브로커와 카메라맨은 놀라서 슬슬 뒷걸음질치다, 도망치고 말았다.

그로부터 40분 후, 바닥에 쓰러져 있던 김 기자의 입에서 편충한 마리가 튀어나왔다. 편충은 나오자마자 말했다.

"xltpajt;tsjgh;sjg;s;s."

김 기자는 알아듣지 못했지만, 그 말은 편충 언어로 '나는 관대하다'라는 뜻이었다.

1 기생충에 대한 오해

✦ 기생충은 사람을 괴롭힌다?

기생충은 먹을 것을 좀 더 편하게 얻기 위해 다른 생물체의 몸에 들어가 살게 된 무척추동물입니다.

흔히 기생충이 사람을 괴롭힌다고 생각하지만, 꼭 그런 것만은 아닙니다. 잠깐 제 얘기를 들어 보세요.

사람의 몸에 들어온 이상, 기생충은 되
도록 사람에게 해를 끼치지 않으려고 노력
합니다. 사람이 죽으면 기생충도 죽고, 사
람에게 심한 해를 끼치면 종족 번식에 지장
이 있기 때문입니다.

길이는 길지만 사람에게 별다른
증상을 일으키지 않는 광절열두조충

연못의 물을 통해 전파되는 기생충이 있다고 가정해 볼까요. 연
못의 물을 마시면 기생충이 사람의 몸속으로 들어옵니다. 그런데
그 기생충이 사람의 배를 아프게 한다면 사람들이 계속 그 연못 물
을 먹을까요? 사람들은 그 물에 뭐가 있다고 생각해서 그 연못 대
신 다른 곳에 가서 물을 구할 겁니다. 아니면 연못 물을 끓여서 먹

겠지요. 이렇게 되면 연못에 사는 기생충이 사람에게 감염되기 어렵겠지요. 최악의 경우 그 기생충은 멸종하게 될 겁니다. 그렇기 때문에 기생충은 사람에게 들어오면 정말 조용히 들어앉아 있습니다. 숙주인 사람을 죽이는 일은 생각도 할 수 없지요.

정신을 못 차리고 사람을 괴롭히는 기생충도 있지만, 그 숫자는 극히 적습니다.

✦ 기생충은 사람 밥을 다 빼앗아 먹는다?

약국에 이런 경고문이 붙어 있었던 적이 있지요. "아이들에게 밥 주면 뭐합니까. 기생충이 다 먹는데!" 이 말은 전혀 사실이 아닙니다. 기생충은 절대 밥을 많이 먹지 않습니다. 기생충이 사람의 몸에 한 마리가 들어 있으나, 백 마리가 들어 있으나, 살찐 기생충은 한 마리도 없습니다. 밥을 더 많이 먹겠다고 싸우는 법도 없습니다. 기생충은 그저 숙주가 먹는 밥 중에서 극히 일부를 먹습니다. 물론 내일을 위해 저장해 놓지도 않습니다.

기생충에 감염되었는지 알기 위해 예전에는 학교에서 대변 검사를 했다. 이것이 대변을 담는 봉투.

우리가 못살던 1960년대, 70년대에는 사람도 먹을 것이 없었기 때문에 기생충들이 빼앗아 가는 밥풀 몇 톨이 큰 타격이 될 수 있었습니다.

하지만 지금은 먹을 것이 많아 남기기까지 하기 때문에 기생충 수십 마리가 밥알 몇 톨 빼앗아 먹어도 아무렇지도 않답니다.

✦기생충은 지구를 정복하려고 자손을 많이 낳는다?

기생충은 사람 몸에 들어와 살면서 형태학적으로 변화합니다. 캄캄한 곳에 살다 보니 눈이 없어지고 한곳에 계속 머물러 있다 보니 팔과 다리 등 운동기관도 다 없어집니다. 이런 기생충들에게 유일한 낙이 뭐가 있을까요? 바로 자손을 많이 낳는 것이지요. 그러다 보니 기생충들은 몸의 대부분이 생식기관입니다.

간디스토마의 경우, 입과 최소한의 소화기관만 있을 뿐 몸의 나머지 부분은 다 생식기관으로 채워져 있습니다. 정자를 만드는 고환이 몸의 아랫부분을 다 차지하고 있고, 그밖의 부분에는 알을 보관하는 자궁과 난소 등이 위치하고 있어요.

간디스토마는 한 마리가 하루에 3천 개가량의 알을 낳습니다. 여기서 놀라면 안 됩니다. 편충은 2만 개, 회충은 20만 개가량의 알을 낳으니까요. 기생충이 이렇게 알을 많이 낳는 이유는 "내 자손들로 지구를 정복하겠다"는 야욕 때문이 아닙니다. 살아남을 확률이 아주 적기 때문에 이 중 몇 개라도 어른으로 자랐으면 좋겠다는 안타까운 바람에서 그러는 거랍니다.

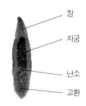

장
자궁
난소
고환

간디스토마

✦ 기생충은 다 비슷비슷하게 생겼다?

기생충 하면 보통 지렁이처럼 몸이 길고 원통형으로 된 벌레를 생각합니다. 그게 기생충의 보편적인 형태이긴 합니다. 회충이나 편충, 십이지장충, 요충, 연가시 등 우리가 잘 아는 기생충들은 대개 이렇게 생겼지요.

하지만 모든 기생충이 다 이렇게 생긴 건 아닙니다. 디스토마라는 기생충이 있습니다. 간디스토마나 폐디스토마 등 많은 종류가 있는데요, 이 디스토마는 몸이 나뭇잎처럼 납작합니다. 디스토마류는 숙주 몸에 더 잘 달라붙기 위한 부착기관이 있어서 '달라붙는 벌레'라는 뜻의 '흡충'이라고도 불립니다.

또 몸이 수백 개의 마디로 이루어진 촌충 종류가 있고요, 눈에 보이지 않는 아주 조그만 기생충인 톡소포자충이나 말라리아 같은 것도 있습니다.

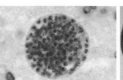

연가시   갈고리촌충   주머니를 만든 톡소포자충   폐디스토마

² 숙주를 찾아 떠나는 기생충의 일생

노빈손 아까부터 자꾸 숙주, 숙주 그러는데 그게 먼지 설명해 주세요.

서민 박사 기생충은 다른 동물의 몸 안에서 살잖아. 기생충이 사는 동물을 숙주라고 해. 숙주에는 중간숙주와 종숙주가 있단다.

노빈손 중간숙주는 먼가요?

서민 박사 중간숙주는 기생충이 유충기를 보내는 숙주야. 어린이와 청소년기가 바로 유충기지.

노빈손 종숙주는요?

서민 박사 기생충이 완전한 어른으로 자랄 수 있는 숙주를 말해. 결혼도 하고, 아이도 낳는 곳이 종숙주지. 기생충 중에는 중간숙주를 거치지 않고 평생 종숙주 안에서만 사는 녀석들도 있지.

노빈손 그러면 종숙주 안에서 짝짓기를 하는 건가요?

서민 박사 기생충들 대부분이 종숙주에서 짝짓기를 하고 알을 낳지만, 그렇지 않은 종류도 있어. 연가시를 보렴. 연가시는 곤충 안에서 어른으로 자라지만, 짝짓기는 물속에서 하거든. 그래도 곤충은 연가시의 종숙주인 거지. 다 자란 어른이 들어 있으니까.

192

노빈손 중간숙주, 종숙주 중에서 뭐가 더 좋은 건가요?

서민 박사 당연히 종숙주가 좋지. 왜냐하면 중간숙주에 있는 기생충은 어떻게 해서든 종숙주로 가려고 해. 너도 빨리 커서 어른이 되고 결혼도 하고 싶어 하잖아? 기생충도 그런 거야. 그러다 보니 수단과 방법을 안 가리고 종숙주로 가려 하고, 그 과정에서 중간숙주에게 해를 끼치기도 하지. 톡소포자충이 중간숙주인 쥐로 하여금 고양이를 무서워하지 않게 만들어서 고양이에게 잡아먹히게 하잖아. 고양이가 종숙주니까 고양이에게 가려고 그러는 거야. 쥐만 불쌍하지.

노빈손 그럼 종숙주에서는 기생충들이 얌전한가요?

서민 박사 남은 생을 살아갈 숙주가 종숙주니까, 웬만하면 건드리지 않고 얌전하게 있지 않겠어? 그래서 종숙주가 좋은 거야.

노빈손 그렇군요. 그런데 사람은 모든 기생충의 종숙주니까 기생충에 감염되어도 별 탈이 없겠네요?

서민 박사 그렇지 않아. 사람도 때에 따라서는 중간숙주가 될 수 있어. 예를 들면 말라리아가 그렇지. 말라리아는 모기가 종숙주야. 사람 안에 있는 말라리아는 어떻게 하든지 모기한테 가려고 해. 그런데 사람들이 모기가 접근할 때마다 손을 휘저어서 훼방을 놓는단 말이야. 말라리아는 고민을 하지. 어떻게 하면 모기가 편안히 사람의 피를 빨게 할까? 그래야 피를 통해 모기한테 갈 테니까. 그래서 말라리아는 사람으로 하여금 열이 나게 만든다고. 열이 나면 힘드니까 모기가 와서 피를 빨아도 꼼짝 못하잖아.

노빈손 말라리아가 사람을 많이 죽이는 것도 중간숙주이기 때문이군요.

서민 박사 바로 그거야. 열이 나게 하는 데서 한발 더 나아가 혼수 상태까지 만들려고 하다가 사람을 죽이는 수도 있지.

노빈손 그런데 연가시는 곤충이 종숙주인데 왜 곤충을 물에 빠뜨려 죽이나요?

서민 박사 그건 말이지, 연가시가 물속에서 짝짓기를 하기 때문이야. 짝짓기를 하겠다는 마음을 먹으면 종숙주라 해도 가만 놔두지 않는 게 바로 기생충이야.

노빈손 그러면 기생충은 나쁜 놈이네요?

서민 박사 뭐, 그렇다고 할 수 있지. 하지만 말이다, 인간도 자신의 목적을 이루기 위해 전쟁을 일으키기도 하잖아? 근데 그 목적이란 게 남의 것을 빼앗고, 좀 더 많이 갖기 위함이야. 그런 이유로 동족을 죽이는 거지. 반면 연가시는 물속으로 가지 않으면 멸종을 하거든. 할 수 없이 종숙주를 죽인다고. 누가 더 나쁜 걸까? 사람일까, 아니면 연가시일까?

그럼 이제 기생충들이 어떻게 숙주를 찾아가는지 볼까?

자, 가장 친숙한 회충부터 보자고~.

194

회충은 사람만을 숙주로 삼지. 사람에서 나온 회충 알을 사슴이 먹었다, 이러면 회충으로서는 난감하기 이를 데 없지. 사슴 몸속에서는 아무리 노력을 해도 성충이 돼서 짝짓기를 할 수가 없으니까.

1970년대까지 우리나라에 회충이 많았던 이유는 밭농사를 지을 때 사람의 대변을 비료로 썼기 때문이지. 무슨 말이냐고? 회충은 보통 사람의 대변을 통해 회충 알을 밖으로 내보내. 회충 알이 숨어 있는 사람의 대변을 배추밭에다가 뿌리면 대변에 있던 회충 알들이 냉큼 배추에 달라붙지.

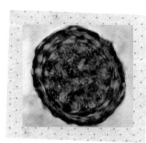
회충 알

배추를 고양이가 뜯어먹을 수도 있지만, 대부분은 사람이 먹잖아. 담근 지 얼마 안 된 배추 김치를 사람이 먹으면 회충의 작전은 그야말로 대성공이야.

사람의 몸속에 들어간 회충 알은 별다른 노력 없이 한평생 편안하게 기생 생활을 누리게 되지.

✦ 간디스토마는 좀 달라

회충은 사람한테만 가면 되지만, 간디스토마는 무려 3단계의 숙주를 거쳐야 하거든. 숙주가 셋이니 삶이 참 힘들겠지?

일단 간디스토마는 알을 물로 보내. 그러면 알이 부화하면서 유

195

충이 물속에서 헤엄쳐 나오지. 유충은 사
람으로 치면 어린이·청소년이라 할 수 있
어. 유충은 온몸에 조그만 발이 달려 있어
서 미숙하게나마 헤엄을 칠 수 있지. 물론

간디스토마

이 경우, 물을 숙주라고 하지는 않아. 숙주는 오직 살아 있는 생물
체만을 뜻하지.

헤엄을 치면서 유충은 자신의 몸을 맡길 적당한 중간숙주를 찾
아. 그 숙주는 바로 쇠우렁이야. 달팽이하고 비슷하게 생겼어.

쇠우렁을 발견한 유충은 잽싸게 쇠우렁 안으
로 들어가서 먹을 것도 먹고, 체력을 보충하면서
자라기 시작해. 물론 숫자도 늘리고. 무슨 말이
냐고? 알에서 나온 유충 한 개가 쇠우렁에게 들

중간숙주인 쇠우렁

어가면 10개로 분열해서 10마리의 새로운 유충이 되거든. 놀랍지?
이 유충은 유미유충이라고 하는데 꼬리가 달려 있어서 헤엄을 아
주 잘 쳐.

자랄 만큼 자랐다 싶으면 유충은 쇠우렁을 빠져 나가. 그러고는
자신을 키워 줄 다음 숙주를 찾지. 민물에 사는 물고기가 바로 그
다음 중간숙주야. 물론 모든 물고기에
다 들어가는 건 아니고, 돌고기나 참붕어
같은 물고기를 간디스토마는 특히 좋아

중간숙주인 돌고기

하지.

물고기의 아가미로 들어간 유미유충은 근육으로 파고들어. 거기서 꼬리를 떼고 종숙주인 사람에게 들어갈 날을 기다리지.

꼬리가 떨어진 채 주머니 속에 들어 있는 유충을 특별히 피낭유충이라고 해. 사람이 물고기를 회로 먹을 때 이 피낭유충이 물고기와 함께 사람의 몸속으로 들어가게 되지.

일단 사람 몸에 들어간 피낭유충은 주머니를 벗고 원하는 곳으로 가. 간디스토마 같은 경우엔 간으로 가고, 폐디스토마는 폐로, 장디스토마는 창자로 가서 살아. 거기서 어른이 돼서 알을 낳지. 그런데 디스토마는 암수한몸이라 마릿수가 적더라도 짝짓기를 하는 데 아무런 지장이 없어.

종숙주인 고양이

그리고 또 하나, 디스토마는 꼭 사람에게만 가야 한다고 고집 부리지 않아. 고양이가 물고기를 먹었다면 고양이에게 들어가서 어른이 돼 알을 낳지. 지금 우리나라에서 유행하는 기생충이 대부분 디스토마인 것도 이렇게 여러 동물에게 기생할 수 있기 때문이야.

하지만, 세상 일이 꼭 마음같이 되진 않잖아. 자기에게 맞지 않는 숙주에게 가는 기생충들도 숱하게 많아. 그들의 운명은 첫째, 오래 살지 못하고 죽는다. 둘째, 새끼를 낳지 못한다.

이런 슬픈 운명을 피하기 위해 기생충들이 어떻게 머리를 쓰는지, 다음 페이지에서 한번 알아볼까?

3 숙주를 조종하는 기생충들

자, 여기는 제1회 숙주 조종 대회가 열리고 있는 파라지파크입니다. 숙주 조종은 내가 최고라고 자부하는 기생충들이 나와 계신데요, 한 분씩 모시고 이야기를 듣겠습니다. 심사는 이 책을 읽는 독자들이 해 주시면 됩니다. 자, 첫 번째 나오실 분?

1 창형흡충

안녕. 난 창형흡충이야. 창처럼 생겼다고 해서 그런 이름이 붙었어. 내 중간숙주는 개미야. 개미 안에서 유충 시기를 보낸다는 말이지. 그럼 종숙주는 누굴까? 소야. 음메음메 우는 바로 그 소.

난 빨리 어른이 돼서 짝짓기도 하고 알도 많이 낳고 싶거든.

근데 문제가 있어. 소가 개미를 안 먹는다는 거지. 사실 소 입장에서 개미가 뭐가 맛있겠어? 살도 하나도 없는데. 난 개미에서 소로 이동해야 하는데, 소가 개미를 안 먹으니 큰일일 수밖에. 하지만 난 포기하지 않았어. 어떻게 하면 소로 하여금 개미를 먹게 할

198

까 궁리를 했지.

결국 난 개미의 뇌로 가서 개미의 행동을 조종하는 방법을 터득했어. 내 조종을 받은 개미는 갑자기 풀로 올라가  하루종일 납작 엎드려 있게 되지. 소가 그 풀을 먹으면 개미까지 같이 딸려 들어가고, 난 그 틈에 소의 몸속으로 들어가 어른이 될 수 있지 않겠어? 어때, 내 실력이?

2 연가시

흥, 그 정도 가지고 뭘 그래? 난 그 유명한 연가시야. 내 스토리는 영화로도 만들어졌으니 다들 알지? 난 원래 물속에 사는 기생충이야. 그런데 종숙주는 육지에 사는 사마귀나 귀뚜라미 같은 곤충이란 말이지. 기생충은 보통 종숙주 안에서 어른이 돼서 알을 낳지만, 난 몸이 너무 길어서 곤충 안에서는 짝짓기를 못 해. 대신 물속으로 들어가야 짝짓기를 할 수 있지. 그런데 이 곤충들은 수영을 못해서 물로 가려고 하지 않아. 난 고민했지. 어떻게 해야 다시 물속으로 들어갈 수 있을까?

수천 년의 연구 끝에 난 드디어 곤충으로 하여금 갈증을 느끼게 하는 신경전달물질을 만들어 냈어. 곤충 몸 안에서 그걸 분비하면 곤충이 목이 마르게 돼. 약간 목이 마르면 그냥 물을 먹으면 되지

만, 목이 너무 마르면 어떻게 될까? 영화
에서 본 것처럼 아예 물속으로 뛰어들게
된단 말이지. 곤충들이 내 의도대로 물
에 풍덩 뛰어들면 난 그때 잽싸게 녀석
의 항문으로 빠져나와서 암컷들이 기다
리는 곳으로 헤엄쳐 가지.

　어때, 대단하지? 나에 비하면 개미한테 풀에 좀 올라가 있으라고
말하는 건 아무것도 아냐.

3 개미선충

　짝짝짝. 연가시가 제법인걸? 하지만 나에 비
하면 아무것도 아니지. 난 개미의 배 안에 기생
하는 개미선충이야. 파나마 운하 근처의 바로
콜로라도 섬에서만 살아서 날 잘 모를 거야. 하지만 내가 어떤 기
생충인지 알면 깜짝 놀랄걸?

　난 개미의 배 안에서 알을 낳아. 그 알들을 다른 개미한테 전파하
려면 새한테 먹혀야 해. 그런 다음 새똥에 내 알들을 묻혀서 밖으로
내보내지. 개미들이 새똥을 굉장히 좋아하거든.

　일단 새한테 먹히기만 하면 그다음부터는 일이 아주 쉬워지는데
문제는 새가 개미를 그렇게 좋아하진 않는다는 점이야. 그래서 찾

아낸 방법이 이거야.

새를 자세히 관찰해 보니 나무에 붙은 딸기를 좋아하더라고. 그래서 난 개미의 배를 딸기처럼 만들기로 했지. 어떻게 그게 가능하냐고? 간단해. 개미의 껍질을 박박 긁어서 얇게 만들면 개미의 검은빛이 좀 불그스레해지고, 햇볕을 받으면 꼭 딸기처럼 보인다고.  과연 새들은 속아 넘어가더군. 괜히 새대가리가 아니야. 그래서 난 새한테 갈 수 있게 됐지. 이 정도면 내가 일등 아닌가?

4 리베이로이아흡충

그 정도 가지고 뭘 그래? 난 개구리가 중간숙주이고 새한테 가야 어른이 돼서 알을 낳는다고. 그런데 개구리 이 녀석이 어찌나 빠른지 새가 잡아먹기 힘든 거야. 그래서 내가 어떻게 했게?

놀라지 마. 난 개구리 뒷다리를 몇 개 더 만들었어. 원래 개구리 뒷다리는 2개여야 하잖  아? 그런데 뒷다리가 4개, 5개인 개구리가 탄생하는 거지. 설마 다리

가 많으면 잘 뛸 거라고 생각하는 건 아니겠지? 과연 내 전략은 적중했어. 다리가 많은 개구리들은 잘 뛰지 못하고 새한테 그냥 잡아 먹히더라고. 개미 배의 껍질을 얇게 만드는 것과는 차원이 다르지 않아?

5 류코클로리디움

리베이로이아홉충, 대단해. 하지만 날 따라오려면 아직 멀었어. 난 말야, 달팽이가 중간숙주인데, 새한테 가야 어른이 돼. 그런데 새들은 달팽이를 먹지 않아. 왜? 달팽이 껍데기가 먹기엔 좀 부담스럽거든. 그래서 나 역시 고민을 했어. 어떻게 하면 저 새한테 달팽이를 먹일까? 해답은 새를 속이는 거였어. 달팽이를 보면 앞부분에 더듬이가 있잖아? 거기 들어가 더듬이를 애벌레처럼 보이게 하는 거야. 거기다 꿈틀꿈틀 움직이기까지 하니, 새들은 그냥 속아 넘어가더군.

새한테 달팽이 먹여 봤어? 안 먹여 봤으면 말을 하지 말아.

6 톡소포자충

흥, 리베이로이아흡충이랑 류코클로리디움 잘 들어. 너희들이 하는 건 진정한 의미의 숙주 조종이 아니야. 중간숙주의 형태를 살짝 변화시켜 너희들 목적을 달성하려는 얕은꾀일 뿐. 잘 봐. 숙주 조종은 바로 나 같은 기생충에게나 해당되는 거야.

너희들 쥐 알지? 쥐의 천적이 뭔지 알아? 그래. 바로 고양이지. 내 중간숙주는 쥐인데 종숙주는 고양이야. 고양이가 쥐를 잡아먹으니 일이 굉장히 쉽다고 생각하지? 하지만 그렇지 않아. 쥐는 굉장히 빠르거든. 고양이가 따라가질 못한다고. 이러면 안 되지. 난 하루빨리 고양이한테 잡아먹혀야 짝짓기를 할 수 있는데 말야. 그래서 내가 어떻게 한 줄 알아?

놀라지 마. 쥐의 뇌로 가서 쥐로 하여금 고양이를 덜 무서워하게 만들어 버렸어. 쥐가 갑자기 고양이랑 맞짱을 뜨려 하더군. 하하하. 어떻게 했냐면 쥐의 뇌에는 공포반

응을 조절하는 편도체(amygdala)라는 게 있는데, 거기 가서 공포를 전혀 느끼지 못하게 만들어 버렸지. 날 놔두고 숙주 조종이란 말은 꺼내지도 마.

지금까지 여섯 마리의 참가자를 만나 봤는데요, 누가 가장 조종을 잘하는지 독자 여러분, 투표해 주시기 바랍니다. 앗! 저기 기생충 한 마리가 굴러 오다시피 오고 있네요. 어떤 사연인지 한번 만나 보겠습니다.

7 메디나충

제가 너무 늦었나요? 저는 메디나충이라고 합니다. 사람의 배에 살지요. 사람 몸에서 어른이 된단 말입니다. 그런데 저는 물속에 들어가야만 새끼를 낳을 수가 있어요. 그럼 어떻게 해야 할까요? 사람한테 물가로 가서 배를 물에 담그라고 할까요? 그렇게 해 봤지만, 사람들은 여간해서 말을 안 듣더군요. 궁리에 궁리를 했지요. 이러다 우리 멸종하면 어쩌나 걱정도 많이 했고요. 결국 방법을 찾았습니다.

사람 몸에 터널을 파고 발까지 갑니다. 터널을 파는 이유는 깊숙한 곳에서 이동해야 사람 눈에 띄지 않기 때문입니다. 결국 발까지 가면 거기서 머리를 내밀고 물집을 만듭니다. 이 물집은 굉장히 아프고, 뜨겁습니다. 사람들은 뜨거움을 잊기 위해 발

을 물에 담그죠. 그 순간 저는 물집을 터뜨리고 나와 몸 안에 있던 새끼 수십만 마리를 물속으로 풀어 넣습니다. 물론 존재를 들켜 버린 저는 사람한테 강제로 끌려나오겠지만, 뭐 어떻습니까? 물속에다 새끼를 그렇게 많이 낳았으니, 제 할 일은 다 한 거죠. 하하하.

4 우리에게 가장 친근한 기생충 대백과

편충
기생충계의 천사

크기는 3~5cm 정도. 알은 항아리 모양. 성충은 머리가 채찍처럼 생김. 수명은 3년. 흙이나 야채를 통해 감염. 주요 기생 부위는 맹장이나 큰창자. 하루에 2만 개의 알을 낳음.

편충의 알

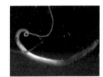

암컷

수컷

사람 몸속에서 있는지 없는지도 모르게 살다가 3년 정도 되면 죽어서 대변과 함께 화장실 변기로 빠져 나간다. 1971년 우리나라에서 대변 검사를 했을 때 무려 65.4%의 사람이 감염됐을 만큼 엄청나게 많았던 기생충. 역사가 오래되었으며 고대 유럽의 화장실에서도 알이 발견되고 있다. 알프스 산에서 발견한 5300년 된 '아이스맨'의 몸속에서도 편충이 발견되었다.

회충
기생충의 왕

크기는 수컷이 15~25cm, 암컷이 20~30cm. 우유 빛깔의 지렁이 모양. 수컷은 생식기 보호를 위해 끝부분을 말고 있음. 수명은 1년~1년 반. 회충 알이 묻은 흙이나 야채를 통해 감염. 하루에 20만 개의 알을 낳음.

회충은 몸속에서 가장 많은 곳을 여행하는 기
생충이다. 알이 사람의 입속으로 들어가면 십
이지장에서 부화를 한 후, 혈관을 타고 간으로

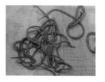

간다. 그런 후 다시 심장으로 갔다가 폐로 가는 굵은 혈관에 탑승
해서 폐에 도착한다.

　폐에서 산소를 마시며 무럭무럭 자란 회충은 다시 먹을 것이 충
분한 장으로 옮겨 가는데, 이 여정이 쉽지 않다. 폐에서 꼭대기까
지 올라간 다음, 식도로 옮겨 탄 후 장으로 간다. 회충 중에는 여기
서 길을 잃는 녀석도 많다.

　회충은 워낙 운동성이 뛰어나서, 사람의 몸속에 많이 살면서 활
발히 활동하던 1970년대에는 사람의 장을 막아 버리거나 다른 장
기로 가서 병을 일으키는 경우가 많았고, 심지어 사람의 입으로 튀
어 나오는 일도 종종 있었다.

십이지장충

기생충계의 드라큘라

크기는 수컷 10~13mm, 암컷 8~11mm, 너비 모두 0.5mm.
입은 주머니 모양이며 속에 3쌍의 날카로운 이빨이 있음.
소장의 윗부분에 기생. 꼬리 끝에 교접낭(생식기관)이 있음.

이빨이 있는 십이지장충은 피를 빨아먹는다. 혈액
속에 녹아 있는 산소를 흡수하기 위해서이다. 하지

만 하루 0.5cc도 안 되기 때문에 사람에게 크게 해가 되진 않는다. 아랫니는 종종 부러지기도 한다.

회충이나 편충과 달리 유충 상태로 땅바닥에 도사리고 있다가 사람이 맨발로 다니면 잽싸게 피부를 뚫고 들어간다.

요충

엉덩이의 수호자

크기는 약 1cm, 흰색 핀처럼 생김. 수명은 3개월. 항문 주위의 알이 손을 통해 감염. 주요 기생 부위는 맹장.

회충과 편충은 알을 낳은 다음에 그걸 사람의 대변에 섞어서 내보내지만 요충은 알을 낳는 대신 몸 가득히 알을 채운다. 그러곤 항문까지 1.5미터나 되는 먼 길을 만삭의 몸으로 이동한 후, 사람의 항문 밖으로 나가서 항문 주위에다 알을 잔뜩 뿌려 놓는다.

그래서 요충에 감염된 사람은 항문이 가려운 것이다. 항문을 최대한 가렵게 해서 항문을 손으로 긁게 만들자는 게 요충의 작전이다. 사람이 손으로 항문을 긁을 때 요충 알이 손에 묻고 그 손으로 친구에게 과자를 건네면 친구 입속으로 요충 알이 들어갈 테니까 말이다.

광절열두조충

크기가 3~10m로 엄청 김.
모양은 노란색 끈처럼 생김. 수명은 20년 정도.
감염이 되면 복통이나 빈혈 등의
증상이 나타나기도 함.

보통 크기가 4~5m 되지만 몸을 여러 번 접은 채 숨어 있기 때문에 사람들이 광절열두조충의 존재를 알아채기는 힘들다.

송어나 연어 회를 먹으면 감염이 되는데 대부분 증상이 없지만, 드물게 복통이나 빈혈을 일으킬 수 있다. 기생하는 곳은 회장이라고, 작은창자 중에서도 맨 아랫부분이다. 회장에 딱 달라붙은 채 몸을 키우는데, 다른 기생충과

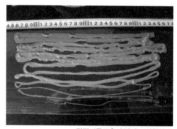

광절열두조충의 길이는 엄청나다.

다르게 똑같은 마디를 계속 만들어 낸다. 그게 수백 개가량 되면 30cm쯤 되는 길이만큼을 떼어 내 사람의 대변에 섞어 내보낸다. 감염된 사람이 "몸 안에 뭐가 있구나!"라고 깨닫는 건 바로 대변에서 광절열두조충의 조각을 발견할 때이다.

광절열두조충의 머리.
이 홈으로 창자의 벽에
매달려 산다.

스파르가눔

뱀을 조심하라

크기는 5~72cm 정도. 흰색 또는 황색의 끈 모양.
근육질의 벌레로 수시로 몸을 움츠렸다가 폈다 함. 수명은 20~25년.
뱀, 개구리, 물벼룩이 사는 약숫물, 멧돼지, 오소리 등을 통해서 감염.

스파르가눔은 원래 개나 고양이를 종숙주로 하는 기생충이다. 야생 고양이나 살쾡이의 몸 안에 있다가 물속에 알을 낳는다. 알은 물벼룩의 몸속으로 들어가고, 이 물벼룩을 개구리가 잡아먹고, 그 개구리를 뱀이 먹고, 그 뱀을 사람이 먹으면 감염이 되는 것이다.

80% 정도는 뱀·개구리를 먹고 감염되고, 나머지는 약숫물의 물벼룩을 먹고 걸린다고 한다.

다른 기생충들과 달리 사람에게서 심한 증상을 일으킨다. 그것은 스파르가눔이 종숙주인 개나 고양이한테 가야 어른이 되어 짝짓기를 할 수 있는데, 사람에게 잘못 갔기 때문이다. 사람을 잘못 감염시킨 스파르가눔은 당황해서 사람의 몸 여기저기로 돌아다니다가 뇌나 다리 등으로 잘못 내려가 큰 병을 일으키기도 한다.

사람이 감염이 되면 피부 여기저기가 울룩불룩 튀어나오고, 튀어나오는 위치도 자꾸만 바뀐다. 염증과 통증, 어지러움, 간질 발작을 일으키기도 하고, 반신불수가 될 수도 있는 무서운 기생충으로 약을 먹어도 죽지 않아서 직접 몸 안에서 제거해야 한다.

갈고리촌충

돼지고기를 익혀 먹어라

크기는 2~3m. 유충인 유구낭미충은 지름 1cm가량으로 동그란 주머니 속에 머리와 목이 말려들어 간 모습. 수명은 20년 정도. 감염된 돼지고기를 먹으면 감염.

갈고리촌충의 알이 돼지 몸속으로 들어가면 쌀알 모양의 유충으로 부화해 근육에 박힌다. 감염된 이 돼지를 불에 완전히 익히면 유충이 죽지만, 살살 익히면 살아남아서 사람 입속으로 들어가 성충인 갈고리촌충이 된다.

갈고리촌충은 대부분 사람에게 별로 해를 끼치지 않지만 갈고리촌충의 알이 사람의 머리로 가서 문제를 일으킬 수가 있다.

갈고리촌충 머리 부분

갈고리촌충을 자세히 보면 여러 개의 마디로 되어 있는데 이 마디가 찢어져서 알이 밖으로 튀어나오기도 한다. 튀어나온 알들은 몸 여기저기로 가서 부화해 유충인 유구낭미충이 된다. 특히 문제가 되는 건 알이 뇌로 가서 부화할 때로, 이 경우 두통이나 간질 발작 등의 증상을 유발할 수 있다.

돼지고기에 있는 갈고리촌충의 유충

유구낭미충이 알통에, 그리고 눈에 간 경우

5 기생충 연구를 왜 할까?

기생충학은 기생충을 가지고 인류의 건강에 공헌하려는
학문입니다. 설마 기생충이 이로운 짓도 하나 싶지요?
물론 기생충도 좋은 일을 합니다.

예쁜꼬마선충이라는 기생충은 후각
이 아주 뛰어나 암세포 냄새를 맡을 수
있습니다. 그래서 예쁜꼬마선충을 이용
해서 암을 진단할 수 있도록 하는 연구
가 진행되고 있답니다.

예쁜 꼬마선충

일본에서 한 연구인데요, 암 환자의
소변에는 예쁜꼬마선충이 이렇게 모여
듭니다. 암세포 냄새를 맡고 그리로 온
거죠. 하지만 건강한 사람의 소변에는
모여들지 않습니다.

정상인의 소변

암 환자의 소변

이런 연구도 있어요. 십이지장충은 사람 피를 빨아먹는다고 했지요? 사람 피를 빨 때 피가 굳으면 안 되니까, 십이지장충은 피가 굳지 않게 하는 '항응고제'를 분비합니다. 이 항응고제는 우리가 화학적으로 합성해서 만드는 항응고제보다 성능이 더 좋고 부작용도 덜하다고 합니다. 그래서 이걸 사람에게 쓸 수 있게 하는 방법을 연구하고 있답니다.

최근에는 기생충을 통해 알레르기를 예방하는 방법이 연구되고 있답니다.

우리 몸에는 면역세포라고, 외부에서 병원체가 들어오면 달려가서 싸우는 군대 같은 조직이 있어요. 우리가 아는 백혈구랑 항체가 면역세포를 대표하는 병사들이에요. 이 병사들이 건강하게 잘 있어야 외부의 나쁜 병균들이 침입하지 못하죠. 침입해도 잘 싸울 수 있고요.

기생충이 들어와도 이 병사들은 열심히 싸운답니다. 기생충이 우리 몸에 들어오면 그 즉시 면역세포들이 달려듭니다. 기생충이 참 괴롭겠지요? 기생충은 방법을 바꿔 면역세포들을 설득합니다. 나는 나쁜 놈이 아니니까 싸우지 말고 친하게 놀자고요. 그래서 어느 틈엔가 면역세포들은 기생충과 아웅다웅하면서도 잘 지내게 되지요.

한데 요즘엔 기생충이 없어져서 면역세포가 심심해졌어요. 기생충처럼 같이 놀 만한 게 없으니까 계속 "뭐든 걸리기만 해 봐라. 혼내 주겠다" 하는 독한 마음을 갖게 되죠. 그러다 보니 원래는 몸에 들어와도 흥분해서는 안 되는 물질들, 꽃가루 같은 것에 면역세포가 흥분해서 난리를 피운답니다. 이게 바로 알레르기예요.

그런데 만약 기생충이 몸에 들어가 있으면 면역세포가 기생충하고 노느라고 꽃가루가 마구 날아다녀도 신경을 안 쓴단 말이죠. 물론 알레르기도 안 일어나고요.

이런 현상을 이용해 알레르기를 예방하는 방법이 활발히 연구되고 있답니다. 기생충학은 이렇게 기생충을 통해 우리 몸을 더 건강하게 만드는 방법을 연구하는 학문이랍니다.

예전에도 기생충을 이용한 연구가 활발했답니다. 야우렉이라는 오스트리아 학자가 있었어요. 이 사람은 뇌매독이라는 치명적인 병에 걸려 죽어 가는 사람들이 너무 안타까웠지요. 무슨 좋은 수가 없을까 생각했지만, 그 당시에는 항생제가 개발되지 않았어요.

야우렉은 뇌매독을 연구하다가 매독균이 열에 약하다는 사실을 발견합니다. 이거다 싶었지요. 사람한테 열이 나게 만들어 주면 매독균이 다 죽을 거 아니겠어요? 그런데 열이 나게 하는 게 뭐가 있을까요? 말라리아라는 기생충이 있었습니다. 이 기생충은 사람에

게서 40도 가까운 열이 나게 만들거든요. 그래서 말라리아를 뇌매독에 걸린 환자의 몸에 넣어 주었더니 환자가 열이 나고, 그러면서 매독균이 다 죽어 버렸지요.

이렇게 해서 야우렉이 얼마나 많은 사람들을 살린 줄 아세요? 이 방법으로 살아난 사람이 몇 십만 명에 달했어요. 그 결과 야우렉은 노벨생리의학상을 탔지요.

야우렉이 말라리아 환자한테 뽑은 피를 뇌매독 환자에게 주고 있습니다.

⁶ 기생충 연구를 위한 인체 실험

 박사님, 인간을 숙주로 삼는 기생충을 연구할 때는 어떻게 하나요?

뭘 어떻게 해? 연구하는 사람이 기생충을 먹고 해야지.

히익? 정말 그렇게 해요? 진짜예요?

내가 못 믿을까 봐 몇 사람의 일기를 가져왔어.

 **엄기선 교수의 가상 일기**

1989년 4월 2일 (일) 맑음 ☀

촌충 중에는 갈고리촌충과 민촌충이라는 게 있다. 둘 다 비슷하게 생겼지만, 갈고리촌충은 머리에 갈고리가 있으니 쉽게 구별할 수 있다. 갈고리촌충은 돼지고기를 먹고 걸린다. 반면 민촌충은 쇠고기를 먹고 걸린다. 신기한 일은 돈이 없어서 쇠고기를 먹을 수 없는 사람들이 민촌충에 걸리는 경우가 제법 있다는 것이다. 대표적인 예가 바로 소록도다. 그곳에는 소가 한 마리도 없고, 마을 주민

216

들 역시 최근 십 년간 소를 먹은 적이 없다고 했다. 그런데 이들이 어떻게 민촌충에 걸렸을까? 그들이 거짓말을 한 걸까? 아니면 민촌충과 비슷하게 생긴 또 다른 촌충이 있는 것일까? 이 의문을 반드시 풀고 말겠다.

1989년 5월 10일 (수) 흐림 ☁️

2주 전, 소록도 사람들을 만나서 물어봤다. 도대체 뭘 드신 거냐고. 민촌충에 걸린 사람들은 한 가지 공통점을 가지고 있었다. 바로 돼지 간과 내장을 날로 먹었다는 것. 곰곰이 생각해 본 결과, 돼지 간과 내장을 통해 전파되는 제3의 촌충이 있는 것 같다는 결론을 내렸다. 근처에 있는 도축장을 찾아가 돼지 간을 뒤지기로 했다. 거기서 촌충의 유충을 찾아내야지. 기선아, 넌 할 수 있다. 힘내라.

1989년 10월 7일 (토) 맑음 ☀️

도축장에 들어온 지 벌써 93일째다. 그 동안 숱하게 많은 돼지들을 봤다. 대충 헤아려도 만 마리는 넘을 것 같은데, 그중 두 마리에서 촌충의 유충으로 보이는 것을 찾아냈다. 너무 크기가 작아서 하마터면 놓칠 뻔했는데, 호랑이한테 물려가도 정신만 차리면 산다고, 정신을 바짝 차리니까 그 유충이 수박만 하게 보였다. 문제는 그 유충을 누구한테 먹이느냐였다. 갈고리촌충이나 민촌충 모두 사람

에서만 어른이 되니, 이것 역시 그럴 확률이 높다. 조교한테 먹일까? 우리 조교는 다 좋은데 술을 너무 좋아해서 탈이다. 기생충을 먹고 술을 잔뜩 먹어 버리면, 세계적인 업적을 이루려는 내 꿈이 물거품이 될 수 있다. 아내한테 먹일까? 아니야. 너나 먹으라고 할 거야. 그래, 차라리 내가 먹자.

1989년 11월 15일 (수) 흐림

기생충을 먹은 지 한 달이 좀 지났다. 괜히 배가 아픈 것 같고, 밥을 먹어도 먹은 것 같지 않은 나날이 계속되고 있다. 한 달 반만 더 참다가 약을 먹어서 빼내야겠다.

1990년 1월 5일 (금) 눈

디스토마 약을 먹었다. 장운동을 빨리하는 약을 추가로 먹었더니 그로부터 30분 뒤 2.5미터짜리 기생충이 대변과 함께 빠져나왔다. 급히 현미경으로 보니 민촌충과 비슷하게 생겼지만, 어딘지 모르게 다른 구석이 있다. 만일 그렇다면 이건 내가 세계에서 가장 먼저 발견한 기생충이다. 전자현미경으로 찍어 보면 보다 확실한 것을 알 수 있겠지.

1990년 3월 1일 (목) 흐림 🌥

오오오. 드디어 내가 발견한 기생충이 민촌충과 다른, 새로운 촌충이라고 인정받았다. 나한테 이름을 정하라고 하는데, 뭐라고 할까? 기선촌충이라고 할까? 그보다는 아시아의 평화와 화합을 위해 아시아조충이라고 부르자. 아시아조충, 그것 참 마음에 드는구나.

김모 조교의 가상 일기

1986년 2월 7일 (금)

미꾸라지에서 처음 보는 기생충의 유충을 발견했다. 교수님은 매우 흥분하면서 이게 인체에 어떤 영향을 미칠지 한번 알아보자고 하신다. 그게 무슨 말이냐고 물었더니 교수님이 이러신다. "먹어 보자는 거야." 결국 내가 유충 27마리를 먹고, 교수님은 7마리를 먹었다. 억울하다. 빨리 교수가 돼야겠다.

1986년 2월 22일 (토)

지난 2주간은 죽음이었다. 시도 때도 없이 설사가 나왔다. 안 그래도 말랐는데 설사를 2주간 계속하니 살이 더 빠진다. 어머니가 요즘 얼굴이 안 좋다고 걱정하신다. 엄마, 무서워요. 반면 7마리를 드

신 교수님은 별다른 증상이 없다고, 견딜 만하다고 한다. 17마리씩 먹자고 할걸.

1986년 3월 3일 (월)

오늘은 그렇게 기다리고 기다리던 구충제 먹는 날이다. 교수님한테 같이 먹자고 했더니 놀랍게도 이러신다. "무슨 소리야. 난 2주 전에 먹었어. 너만 먹으면 돼." 이럴 수가. 나보다 덜 먹었는데 나보다 2주나 먼저 기생충을 빼내다니, 정말 의리 없다. 디스토시드라는 디스토마약을 먹고 설사변을 받았다. 현미경으로 보니 기생충 24마리가 대변과 함께 나왔다. 3마리는 어디로 갔을까. 아이고, 힘들다.

서민 박사의 가상 일기

2015년 5월 7일 (목)

"아니 이건…?"
현미경을 들여다보던 나는 황급히 자리에서 일어나 책장 앞으로 달려갔다.
"설마 지네코틸라의 알?"

나는 떨리는 손으로 책장을 넘겼다. 과연 그랬다. 현미경에 있는 알은 책에 있는 지네코틸라의 알과 정확히 일치했다.

"새에서만 발견되던 알인데, 이게 드디어 사람에게서도 발견되다니, 대박일세."

내가 현미경으로 보던 것은 만성 설사로 입원한 환자의 대변이었다. 그 변에 지네코틸라의 알이 있다는 건, 그 환자의 몸속에 지네코틸라가 도사리고 있다는 얘기였다. 이제 내가 해야 할 일은 환자에게 구충제를 먹인 뒤 설사 변을 받는 것. 구충제를 먹어서 그 안의 지네코틸라를 죽인 뒤 설사를 하게 하면, 그 설사 변에는 지네코틸라가 들어 있을 테니 말이다. 하지만 시간은 이미 밤 10시를 넘었다.

지금 달려가서 구충제를 먹이고 싶은데….

2015년 5월 8일 (금)

세계 최초로 사람에서 지네코틸라의 알을 발견한다는 감격에 뜬눈으로 밤을 새운 나는 새벽닭이 울자마자 잽싸게 환자가 입원해 있는 병동으로 갔다.

"누구…?"

환자가 나를 보고 몸을 일으켰다.

"저는 기생충학과에 근무하는 서민이라고 합니다. 당신의 몸속에

기생충이 살고 있다는 게 확인됐습니다. 그래서 당신의 변이 필요합니다."

"네?"

환자는 안 그래도 큰 눈을 더 크게 떴다. 나는 주머니에서 하얀 알약을 하나 꺼냈다.

"여러 말씀 마시고 이 알약을 드세요. 이게 프라지콴텔이라는 약인데…."

환자가 약을 먹은 뒤에도 나는 환자 옆에 앉아 있었다.

"약 먹었으니 선생님은 가 보시죠."

나는 비굴한 웃음을 지었다.

"그게 말입니다, 이게 끝이 아니거든요. 약을 좀 더 드셔야 해요. 그러니까 그게 뭐냐면…."

나는 약을 꺼낸 후 물에 타서 환자에게 내밀었다.

"자, 이걸 한번에 쭉 드세요. 해로운 거 아닙니다."

환자는 반신반의하면서 컵을 받아들고 한번에 들이켰다.

"마셨으니 이제 가세요."

하지만 나는 여전히 가지 않고 환자 옆에서 얼쩡거렸다.

"당신 뭐야? 스토커야? 여기 누구 없어요! 이상한 사람이… 으윽."

환자가 갑자기 배를 움켜쥐자 나도 모르게 미소가 흘러나왔다.

"제가 드린 게 사실은 설사약입니다. 당신의 배 속에 있는 기생충

222

을 빼내려면 설사를 쫙 해야 하거든요."

나는 가져온 가방에서 바가지 3개를 꺼냈다.

"이제부터 설사가 나올 텐데, 설사를 변기에다 하지 마시고 이 바
가지에다 싸 주세요."

그로부터 한 시간 뒤.

"심봤다!"

환자로부터 받은 변을 현미경으로 관찰하던 나는 만세를 불렀다.

변에는 내가 그렇게 기다리던 지네코틸라가 잔뜩 들어 있었다.

서민 박사의 미래 가상 일기

2025년 5월 18일 (일)

"아니 이건?"

현미경을 보던 나는 깜짝 놀라 자리에서 일어났다.

"이건 전설의 기생충인 시라소니우스의 알과 꼭 닮았어! 혹시 멸종
됐다던 시라소니우스가 부활한 건가?"

나는 담당자에게 전화를 걸었다.

"전데요, 이 변을 싼 환자가 누구죠? 어디 입원해 있어요?"

* 위 일기는 실제 기생충 학자들의
  연구 과정을 재미있게 구성한 것입니다.